FRÉDÉRIC

OU L'AMOUR

DE L'ARGENT.

LILLE.

L. LEFORT, ÉDITEUR.

BIBLIOTHÈQUE

HISTORIQUE ET MORALE.

⚜ ARCHEVÊCHÉ DE CAMBRAI. ⚜

Pierre Giraud, par la miséricorde divine et la grâce du Saint-Siége Apostolique, Archevêque de Cambrai :

Dans la confiance que nous inspirent la maison et le nom de MM. Lefort, Imprimeurs-Libraires, à Lille, et d'après la connaissance personnelle que nous avons de leur dévouement à la cause Catholique et de leur zèle pour la propagation des bons livres, nous recommandons la publication nouvelle qu'ils ont entreprise sous le titre de Bibliothèque historique et morale.

Donné à Cambrai, le 8 Août 1846.

† PIERRE,
ARCHEVÊQUE DE CAMBRAI.

PAR MANDEMENT :
DUPREZ, Chan. Secrétaire-gén.

Frédéric je te cède ma part d'héritage.

FRÉDÉRIC,

OU

L'AMOUR DE L'ARGENT,

SUIVI

DE MAURICE OU LES LEÇONS DU MALHEUR.

Par Mme CÉSARIE FARRENC.

LILLE.

L. LEFORT, IMPRIMEUR-LIBRAIRE,

RUE ESQUERMOISE, 55.

1847.

PROPRIÉTÉ DE

FRÉDÉRIC,
OU L'AMOUR DE L'ARGENT.

CHAPITRE PREMIER.

Un bon père. — Adrien et Frédéric vont au collége.

M. DUMANOIR fut longtemps heureux par les
vertus d'une épouse chérie ; mais tout-à-coup la
mort vint mettre un terme à sa félicité en lui en-
levant la mère de ses trois enfants en bas-âge
encore. Cette perte si peu prévue laissa dans le
cœur du malheureux époux d'insurmontables tristesses. Il eut en dégoût les lieux où il avait

goûté un bonheur si parfait , et il prit soudain la
résolution de quitter Marseille , son pays , pour
aller résider à Paris. Il pensait qu'il pourrait , au
sein d'une ville populeuse et bruyante , au milieu
de choses nouvelles , qu'il pourrait oublier le passé
pour s'occuper uniquement de l'éducation de ses
enfants. Réunissant alors les débris d'une fortune
qui avait été jadis considérable , et que les tristes
chances du commerce avaient réduite à peu de
chose , il se prépara au départ qu'il avait médité.
M. Dumanoir devait s'imposer une foule de privations , pour pouvoir vivre honorablement à Paris
avec sa jeune famille. Il le savait , mais il était
résolu à ne reculer devant aucun sacrifice nécessaire
à l'intérêt de ses enfants. Il voulait leur donner à
tous les trois une solide instruction , espérant qu'ils
pourraient par elle ressaisir tous les avantages
dont ils auraient joui , si la fortune n'avait pas été
contraire à ses opérations commerciales.

Or , un matin d'un jour du mois de mai , au
grand contentement des enfants , on se mit en
route , et peu de jours après M. Dumanoir s'ins-

tallait avec sa jeune famille dans une modeste
maison du marais.

Adèle, à peine âgée de neuf ans, était l'aînée
de ses deux frères, Adrien et Frédéric ; et déjà à
cet âge si tendre, l'aimable enfant donnait à son
père les plus douces satisfactions de cœur. Adèle
était véritablement un ange de consolation pour
l'époux encore affligé. Souvent, en regardant sa
fille, qui était la vivante image de sa mère, M. Dumanoir avait versé des larmes, mais des larmes
qui n'avaient plus aucune amertume ; des larmes
qui soulagent l'âme d'un surcroît de sensibilité.
Peu à peu Adèle effaça du souvenir de son père
toute la tristesse du passé, et parvint à lui
faire envisager l'avenir sous des couleurs plus
agréables.

Le caractère des deux petits garçons, sans être
aussi parfait que celui d'Adèle, ne donnait cependant jusqu'alors aucune inquiétude sérieuse à
M. Dumanoir. Ils étaient tous deux observateurs
fidèles de leur devoirs envers leur père, appliqués

à leurs études seulement. M. Dumanoir avait tout
à redouter de l'impétuosité naturelle que dans
maintes occasions Frédéric avait montrée. L'homme
se révèle presque toujours dans l'enfant ; au sortir
du berceau, un père attentif pourrait présager ce
que sera un jour son enfant. Heureusement que
l'éducation religieuse et la raison viennent en aide
aux parents, pour modifier les défauts des enfants,
s'ils ne changent entièrement leur rebelle nature.
En homme éclairé par l'expérience et en bon père,
M. Dumanoir ne laissait jamais endormir sa sur-
veillance sur Frédéric, il le suivait pour ainsi dire
pas à pas dans toutes ses actions, afin de lui ouvrir l'intelligence sur le bien et le mal de la vie ;
mais le jeune étourdi, dans lequel dominait un
germe d'orgueil et d'indépendance, écoutait les leçons de son père plutôt par respect, que pénétré
de conviction pour ce qui lui était dit, et retom-
bait bientôt dans des fautes qu'il s'obstinait à considérer comme légères et peu répréhensibles.

Quant à Adrien, qu'une douce sympathie de
cœur et une similitude de caractère unissait ten-

drement à sa sœur, il était bien différent de Frédéric ; il s'élevait à l'ombre de l'amour paternel, comme un jeune arbrisseau protégé par le chêne antique ; son cœur était un vase qui retenait précieusement les saintes doctrines qu'un père pieux y versait constamment ; plein de tristesse et de mélancolie, sans objets encore, son jeune esprit s'élevait déjà instinctivement au-dessus de l'humanité ; on aurait pu dire de lui, qu'il marchait sur la terre les yeux levés au ciel, comme s'il eût su déjà qu'il fallait mépriser tout ce qui se rattache au temps qui passe, qui fuit, pour ne se préoccuper que de l'éternité promise à l'homme de bien.

A mesure que ses deux fils, dont jusque-là il avait été le seul instituteur, grandissaient, M. Dumanoir crut qu'il était inhabile dans la tâche qu'il avait d'abord voulu s'imposer, et bien qu'il dût infiniment en coûter à son cœur, néanmoins il se résigna à s'en séparer. Frédéric et Adrien furent placés dans l'un des meilleurs colléges de la capitale. Ce fut un triste jour pour la jeune Adèle, que celui où ses deux frères quittèrent la maison

paternelle, les touchants adieux d'Adrien déchi-
rèrent le cœur sensible de la pauvre enfant, elle
ne se consola un peu, qu'alors que son père lui
eut assuré qu'elle reverrait ses frères tous les mois
et à toutes les fêtes solennelles de l'année. Adèle
s'arma de patience, et reprit avec calme et tran-
quillité ses occupations journalières. N'ayant plus
à diriger que l'éducation de sa fille, M. Dumanoir
donna tous ses soins à cette enfant chérie, et l'élève
fit bientôt honneur à ce bon maître. Adèle possédait toutes les vertus de la femme, elle comprenait admirablement la mission qu'elle tenait de
Dieu, et elle était fermement résolue à ne s'en
écarter jamais.

Avec la connaissance qu'elle mettait en pratique
de tous les devoirs qu'impose un ménage, dont la
mort de sa mère lui donnait la responsabilité, Adèle
possédait des facultés d'intelligence que son père
se plaisait à développer. Adèle aimait la lecture,
et les meilleurs auteurs lui étaient connus. Une
imagination vive, qu'elle tenait du climat dans lequel elle était née, jetait du charme dans tout ce

qu'elle disait, et lui donnait, dans les différentes études auxquelles elle se livrait, une rapide conception des choses les plus abstraites, pour la plupart des jeunes filles de son âge.

« Sois savante si tu le veux, lui disait souvent son sage instituteur, mais garde-toi bien, mon enfant, de faire étalage de ta science; que le voile de la modestie couvre ton savoir. Pour qu'elle soit aimée et heureuse, la femme ne doit régner que dans sa maison; tout éclat extérieur devient dangereux pour elle; semblable à une statue d'un grand prix, elle se ternirait au double contact de l'air et du soleil; le monde est perfide pour elle; la nature de ses devoirs la force à circonscrire son existence, à borner ses facultés dans la maison de son père ou dans celle de son époux. »

S'il parlait souvent dans ce sens à sa fille, c'est que ce bon père tremblait qu'Adèle n'eût un jour la pensée de vouloir sortir de l'obscurité, pour jeter à la foule un nom qu'elle aurait cherché à rendre célèbre par l'exercice de sa plume; M. Dumanoir

savait que la carrière des lettres est aride pour
tous, mais bien plus particulièrement encore pour
une femme qui, en obéissant même à de hautes
facultés d'intelligence, travaille presque toujours
elle-même à son propre malheur, au prix de ses
plus douces satisfactions. M. Dumanoir n'aurait pas
voulu qu'Adèle fût un jour auteur; mais la jeune
fille n'élevait probablement pas ses prétentions aussi
haut. Jusque-là elle aimait l'étude par goût, et
elle y consacrait avec joie et bonheur tous les
instants qui n'étaient point utiles au ménage ou
aux travaux de son sexe.

Les années s'écoulaient dans une douce quiétude
pour le père et les enfants, car si Adèle procurait
au cœur de M. Dumanoir des jouissances infinies,
Frédéric et Adrien ne le cédaient nullement à leur
sœur en tout ce qui avait rapport aux études;
chaque année, à l'époque des distributions de prix,
les deux frères arrivaient dans la maison du marais
avec une charge de couronnes et de livres. Adèle,
alors toute glorieuse des trophées que ses frères
déposaient humblement à ses pieds, Adèle mouillait

de délicieuses larmes les fleurs et les feuillets des
livres savants qu'elle lisait avec Adrien et Frédéric
pendant les vacances, que la pauvre enfant trouvait toujours trop courtes au gré du tendre attachement qu'elle avait pour ses frères.

M. Dumanoir, qui n'avait plus alors que le temps
des vacances pour observer le caractère de ses fils,
avait remarqué avec douleur, que les penchants à
l'orgueil et à la vanité, qu'avait montrés Frédéric
avant d'entrer au collège, prenaient du développement dans les triomphes qu'il avait remportés sur
ses camarades de classe; aussi, un jour après
l'avoir froidement écouté énumérer à sa sœur toutes
les fois qu'il avait été nommé premier en compo-
sitions difficiles, il éleva la voix :

« Mon fils, dit-il, j'aimerais infiniment mieux
t'entendre parler à ta sœur de tes progrès dans la
sagesse et la piété; car, vois-tu, si les facultés de
l'esprit sont désirables, les qualités de l'âme l'em-
portent de beaucoup sur elles; le simple titre
d'homme de bien est mille fois plus honorable que

celui *d'homme savant*. La bonté sert à nous rendre
heureux et à nous faire aimer de tous, tandis qu'un
savoir qui ne serait accompagné ni d'indulgence,
ni de modestie, ne nous attirerait pas même l'estime des personnes sensées. Mon pauvre Frédéric,
il en est temps encore, ne te livre pas au penchant
funeste de l'orgueil ; l'orgueil est l'ivraie qui
étouffe le bon grain, malheur à celui qui ne combat
pas en lui cet odieux sentiment, bientôt il s'éta-
blira en vainqueur et dominera entièrement le
cœur qui lui aura laissé un facile accès. L'orgueilleux, mon fils, jette un regard de mépris sur
tout ce qui l'entoure ; il ne trouve nulle part dans le
monde une place pour lui, son esprit s'aigrit, il
devient constamment inquiet, il ne se fait par
conséquent aucun ami, il doit parcourir seul
et malheureux une existence qu'il s'est faite sèche
et aride, et il arrive enfin à la mort sans avoir
connu et goûté le bonheur que peuvent seuls connaître et goûter les hommes humbles de cœur. La
modestie est d'ailleurs l'indice d'un esprit supérieur ; s'effacer toujours pour laisser paraître les
autres, est la marque d'un esprit droit et d'un

bon cœur, c'est le plus sûr moyen de se faire
aimer. N'imite jamais, mon cher Frédéric, ces
jeunes gens évaporés et orgueilleux qui, à peine
sortis des bancs des écoles, pensent pouvoir régir
le monde par leur savoir, et parce qu'ils savent
expliquer quelques phrases de Cicéron, et lancer
par-ci par-là, quelques mots de grec, s'imaginent
qu'on doit rendre hommage à leur génie. Il y a
bien d'autres sciences plus utiles et plus désirables auxquelles ils n'ont nullement songé, et que
le vieillard le plus simple et le moins lettré pourrait leur enseigner; l'expérience, quand elle tombe
sur un esprit droit et un bon cœur, en apprend
plus que les savants professeurs et les maîtres de
philosophie. Le monde est une large école où l'on
entre aussitôt que l'on sort du collége; si l'on s'y
présente escorté de l'orgueil et de la vanité, on
risque de s'égarer à chaque pas que l'on y fait.
C'est que la vanité et l'orgueil mettent un double
voile sur l'entendement et le cœur. O mon fils,
dit en terminant M. Dumanoir, je t'en conjure,
passe un examen sévère de tes sentiments, et
comprime tous ceux qui pourront nuire à ton

bonheur ; meuble ton âme de toutes les vertus
qui peuvent te rendre recommandable aux yeux
de la société, qui n'est autre qu'une grande famille dont tu es membre ; fais en sorte que je
puisse m'estimer heureux de m'appeler ton père,
et que je ne puisse me repentir jamais des sacrifices pénibles que je me suis imposés pour te
donner une brillante et solide éducation. »

Quelques larmes mouillèrent les paupières du
bon père qui avait cessé de parler, et Adèle se jeta
dans ses bras, tandis que Frédéric, la tête baissée
sur sa poitrine, murmura quelques paroles qui
ressemblaient à une promesse de s'observer attentivement. Il y a dans le cœur des pères ou des
mères de tristes prévisions sur l'avenir de leurs
enfants. M. Dumanoir cherchait à repousser la
pensée incessante du malheur de Frédéric ; mais
cette pensée était si profondément empreinte dans
son esprit, que souvent elle le poursuivait dans son
sommeil, et jusque dans les moments où Adèle
et Adrien comblaient de douces satisfactions son
cœur bon et sensible.

Quelques années se passèrent de la sorte. Adèle avait atteint sa dix-septième année, et ses deux frères arrivaient à cet âge d'adolescence, où en se dépouillant de leur enveloppe d'enfant, pour ainsi parler, les jeunes gens se montrent déjà sous la forme qui leur sera propre durant tout le reste de leur vie.

Adrien, dont le cœur était plein de sensibilité, avait fait sans aucun bruit et sans vain étalage de bonnes et profondes études ; la pensée unique de l'enfant, pensée qui l'avait toujours dirigé et stimulé, était que son père n'avait que très-peu de fortune, et qu'en avançant en âge il aurait besoin de toutes ses ressources, s'il ne voulait pas se trouver en proie aux douleurs qu'entraîne la misère ; il songeait aussi, le pauvre enfant, à cette sœur chérie qui pourrait un jour manquer des premières nécessités de la vie, si ses frères n'étaient ni assez instruits, ni assez prévoyants pour se tracer dans le monde une route qui pourrait être avantageuse à leur fortune commune.

Aussi, fort de ces incessantes réflexions, le

2

jeune Adrien ne prenait aucune récréation ; il se
livrait au travail avec un goût, une attention et
une ardeur, qui auraient pu servir d'exemple à
tous ses jeunes camarades, car la plupart des enfants n'apportent qu'un dégoût insurmontable dans
leurs études ; on dirait qu'ils se croient attachés
aux bancs du collége, comme le sont les galériens
au bagne, il résulte de ce dégoût, qui prend sa
source dans la paresse et l'ingratitude pour leurs
parents, que le temps marche avec vitesse, que
les facultés intellectuelles de l'écolier se rouillent,
et qu'il arrive à l'époque où son instruction pourrait lui ouvrir une brillante carrière, à laquelle son
ignorance est obligée de renoncer.

CHAPITRE II.

Piété d'Adrien; il se dévoue à sa famille.

ADRIEN, qui avait su mettre ainsi le temps à profit, termina ses classes avant que Frédéric ne fît sa philosophie : celui-ci fut donc obligé de rester au collége, tandis que son jeune frère rentrait triomphalement dans la maison paternelle. L'orgueil de Frédéric souffrit cruellement de cette mortification. Que penseraient son père et Adèle qui l'avaient entendu se vanter si souvent de la supériorité qu'il avait sur Adrien ; aussi, pendant les quelques jours qui suivirent le départ de son frère, Frédéric fut triste et parut profondément affecté ; puis, bientôt cédant à son naturel, il éloigna le chagrin de son cœur, et se livra de nouveau à toute la légèreté de son caractère.

Pendant ce temps-là, Adrien recevait les féli-
citations de son père et de sa sœur : celle-ci admirait avec bonheur tous les heureux changements
que le temps avait opérés chez son frère bien-aimé ;
la taille d'Adrien s'était développée avec avantage,
sa frêle organisation s'était fortifiée, son maintien
modeste n'avait plus l'excessive timidité de ses
premières années ; si ses traits et l'expression de
sa physionomie avaient conservé la teinte de tristesse qu'on remarquait déjà quand il était enfant,
on ne pouvait l'attribuer qu'à une douce sensibilité, et elle provoquait pour lui dans tous les
cœurs un intérêt qui ne faisait que s'accroître,
quand on pouvait mieux le connaître et lire jusqu'au fond de son âme ses plus secrètes pensées ;
quand on pouvait l'apprécier enfin. Sans avoir été
encore initié aux tristes choses du monde, Adrien
les connaissait par une intuition propre à toutes
les intelligences supérieures ; tout en faisant ses
devoirs de classe, l'écolier jetait quelquefois un
regard déjà profond sur la société. S'il avait mis
ainsi tant d'ardeur dans ses études, renoncé à tous
les jeux et à tous les plaisirs des enfants, ce n'était

point une pensée mondaine qui l'avait dirigé dans
ses rêves d'avenir ; jamais l'idée, qu'à l'aide de
ses talents il pourrait recueillir d'éclatants suf-
frages, n'avait surgi dans son jeune cerveau ; jamais
Adrien ne s'était dit : Je monterai au haut de
l'échelle sociale et je dominerai les autres. Oh !
non, le pauvre enfant n'avait jamais conçu de ces
vaniteuses et folles espérances. S'il levait ses regards sur un point lumineux, c'était sur les joies
du ciel, c'était là où il voyait suspendue la seule
couronne de gloire dont il voulait ceindre sa tête.
Tout en travaillant afin d'acquérir assez de sciences
pour pouvoir apprécier tout ce qui touche à l'humanité et à Dieu qu'il voulait servir, Adrien cherchait à perfectionner son âme. Doux et humble
envers ses camarades d'étude, obéissant et soumis
envers ses maîtres, jamais un murmure n'était sorti
de ses lèvres ; et quand parfois il avait eu à souffrir
d'une injustice ou d'une mortification qu'il savait
n'avoir pas méritée, Adrien trouvait dans sa foi des
motifs assez puissants pour se soumettre sans se
plaindre. Dans ses classes déjà, Adrien commençait
son apostolat.

L'aumônier du collége avait remarqué la révé-
rence et le recueillement qu'apportait Adrien dans
ses exercices de piété. Souvent il l'avait cité au
jeune troupeau qu'il dirigeait, comme un excellent
modèle à suivre ; mais les jeunes insensés, s'ils ne
répondaient rien au prêtre par respect et par crainte
des punitions, ne manquaient pas de se dire
qu'Adrien n'était qu'un être stupide et un sot. Il
faut bien l'avouer, hélas ! la jeunesse actuelle ne
veut point réfléchir sur l'importance qu'ont les sentiments religieux sur tout le reste de la vie, elle
ne se préoccupe que d'idées ambitieuses. L'amour
des richesses, l'amour de l'argent, est déjà la passion qui règne en souveraine dans le cœur de ces enfants, qui ne devraient songer qu'à l'étude. La contagion du mal, qui travaille si fatalement le siècle,
pénètre même à travers les murs et les grilles des
colléges ; il y a là comme dans le monde des suscep-
tibilités, des préjugés, des passions ; chaque nature,
selon sa tendance, y trouve des aliments qui ne
font qu'augmenter les penchants pernicieux qu'il
aurait été utile de détruire complètement. Au col-
lég , comme dans le monde, trois aristocraties sont

distinctes, celles de l'argent, du talent et de la
naissance, et les enfants qui ne sont autres que
de petits hommes, commencent déjà sur ce petit
théâtre à jouer leurs divers rôles.

Un observateur attentif, qui se placerait parmi
cette troupe d'enfants qui peuple un collège, éprouverait un profond chagrin en acquérant la certitude
que, dans la plupart de ces jeunes cœurs, la vertu
y est étrangère, qu'on ne connaît pas plus là que
dans la grande société cette fraternité sainte que
Notre-Seigneur Jésus-Christ a établie parmi les hommes. Moralistes, philosophes, qui vous flattez de
corriger les vices de la société, étudiez donc le
cœur des enfants, prenez la société dans sa base
si vous voulez la rétablir solidement ; n'attendez
pas que le souffle de la corruption ait flétri les
âmes. Que d'hommes perdus, que d'hommes malheureux nous diraient, s'ils voulaient être sincères : Cette habitude-là, je l'ai prise au collège !
Faites donc établir une discipline sage et sainte
dans vos collèges ; faites que les maîtres s'ap-
pliquent moins à orner de sciences l'esprit des

élèves, qu'à enrichir leurs cœurs de solides vertus !

Tandis que Frédéric avait grossi le nombre des enfants qui, sourds aux remontrances des maîtres, ne se laissent diriger que par leurs mauvais instincts, l'innocence d'Adrien n'avait reçu aucune atteinte au contact journalier qu'il avait avec ses jeunes condisciples. Son esprit, son cœur et ses pensées voyageaient dans de trop hautes régions pour qu'il lui fût possible d'apercevoir ce qui se passait autour de lui. Enfin, lorsqu'il rentra sous le toit paternel, Adrien donnait l'exemple de toutes les vertus, que les pères les plus tendres et les plus éclairés peuvent désirer dans leurs enfants.

Un mois s'était déjà écoulé depuis la rentrée d'Adrien chez son père ; ce temps-là s'était passé entièrement de part et d'autre en tendres effusions de cœur. Cependant Adrien avait remarqué avec douleur bien des changements dans la maison paternelle, et n'osant, par une délicatesse de cœur provoquer une triste confidence, il attendait de

jour en jour quelqu'ouverture de son père touchant
l'état de sa fortune, et celui-ci gardait toujours
vis-à-vis d'Adrien un profond silence. Quand il était
seul, le pauvre jeune homme se perdait dans une
foule de conjectures. « Comment, se disait-il, expliquer autrement que par des pertes récentes toutes
les mesures d'économies établies dans la maison ? »
En effet, une armoire qui renfermait un service
de table en argenterie, et des objets de ménage
d'une grande valeur, était vide ; une femme de
ménage, qui ne restait qu'une heure à la maison,
avait remplacé l'ancienne cuisinière qu'Adrien avait
encore vue aux dernières vacances ; c'était maintenant les blanches et délicates mains d'Adèle, qui
préparaient les aliments servis sur la table.

Dans les instants de loisir que lui laissait le
ménage, Adèle travaillait. De nombreuses et charmantes fleurs se formaient sous ses doigts ; à coup
sûr, ce n'était point pour orner ses chapeaux
qu'Adèle mettait en cartons chaque semaine tant
de bouquets de roses et de marguerites ; c'était
donc pour des marchands que sa sœur travaillait.

3

Cette sœur chérie, qu'au prix de son propre bonheur il aurait voulu rendre heureuse, était donc
obligée de recourir au travail? Quel étonnant changement !

Et pourtant, pensait toujours Adrien, Adèle
paraît joyeuse, ses lèvres sont toujours souriantes,
il y a toujours dans ses yeux cette expression d'angélique bonté qui la rend si touchante ; et tout en
travaillant, elle chante comme l'oiseau joyeux et
libre chante au mois de mai sur la cime d'un arbre.
Adèle est un ange, je le sais, et dans l'infortune
son cœur doit être aussi plein de courageuse résignation et de dévouement, qu'il est plein de bonté
et d'amour !

Au milieu de ces incessantes réflexions, Adrien
s'affligeait profondément de ce que son père taisait
sa misère. « Me regarde-t-on ici, disait-il, comme
trop jeune et trop léger pour recevoir une aussi
grave confidence ? doute-t-on de mon courage ?
mon père le met-il au-dessous de celui d'une jeune
fille ? Adèle sait tout, elle. Ah ! peut-être tandis

que ma sœur, une enfant frêle et délicate travaillait ici, moi j'étais tranquille et heureux au collége, dépensant un argent si péniblement gagné par la pauvre petite. Peut-être qu'Adèle a souvent mouillé de ses larmes pieuses les fleurs dont le prix était réservé à ses frères. O Seigneur, s'écriait Adrien, se pourrait-il que mon père fût descendu à ce degré de misère qu'il ne dût compter que sur ses enfants pour pouvoir exister? Il faut que je sache tout, » et il courut un matin trouver sa sœur.

« Il faut, lui dit-il, que tu me dises ton secret ; il se passe ici des choses qui m'affligent d'autant plus, que vous semblez vouloir me les cacher ; mon père est ruiné, il souffre; toi Adèle, tu travailles du matin au soir, et tu chantes ; pauvre sœur, tu es joyeuse, tout ce que je vois ici n'est pas naturel ; cela ne doit pas être, je veux ma part de votre chagrin et de vos misères, comme j'ai pris jusqu'ici la plus grande part de vos joies et de vos prospérités. Je veux que tu m'inities, Adèle, à toutes nos affaires; Adèle, je t'en conjure, ne me cache pas plus longtemps les secrets de notre famille. » Et Adrien, en s'exprimant de la sorte, avait joint ses mains; et ses yeux qu'il portait alternativement vers le ciel et sa sœur, étaient mouillés de pleurs.

Adèle fondit en larmes aussi. « Adrien, dit-elle, quand son émotion lui permit de se faire entendre, Adrien, je vais tout te dire :

» En partant de Marseille, notre bon père réalisa les débris de sa fortune, il lui restait tout juste de quoi exister dans une douce médiocrité, s'il n'avait eu trois enfants à élever. Il vint à Paris avec l'intention de vous donner, à toi et à Frédéric, une bonne éducation, espérant aussi qu'il lui serait plus facile à Paris de travailler à vous placer avantageusement, qu'il ne lui eût été dans une ville de province. Cependant ses ressources se sont épuisées annuellement par les frais de votre double admission au collége. Il y a un an environ que toujours dans notre intérêt, notre père plaça une forte somme dans une branche d'industrie qui ne réalisa pas les espérances qu'il était permis de concevoir sur

cette opération ; il perdit, hélas ! ce dernier avoir,
et que te dirai-je, Adrien ? à cette heure, il ne
reste que très-peu de fortune à notre père, c'est
à peine s'il aurait, étant seul, de quoi pouvoir
exister. Adrien, il faut nous unir tous trois pour
lui épargner des chagrins ; le devoir et le cœur
nous commandent de travailler pour lui. Aussi,
dit-elle avec la plus touchante expansion, j'ai déjà
commencé à essayer mes forces et mon zèle, je
suis devenue fleuriste ; je ne rougis nullement d'être
ouvrière, quand c'est pour mon père, mon bon
père que je travaille.

» — Tu as un noble cœur, Adèle, murmura
Adrien au milieu de profonds sanglots ; mais pourquoi, ajouta-t-il, vous êtes-vous fait une loi cruelle
de me cacher toutes ces choses ? auriez-vous douté
de mon cœur, de mes sentiments ?

» — Non, mon fils, dit tout-à-coup M. Dumanoir, en apparaissant soudain, je n'ai jamais conçu
un injurieux soupçon sur ta vertu, et si j'ai re-
tardé de te faire connaître notre malheur, c'est

que je craignais de porter l'affliction dans ton âme, dès les premiers jours que tu nous étais rendu. C'était aujourd'hui, Adrien, que je devais te faire ces pénibles et douloureuses confidences ; Adèle m'a devancé dans cette triste tâche, je l'en remercie. Pauvres enfants, continua-t-il après un court silence, à l'âge le plus radieux de la vie, alors que l'espérance se montre à la jeunesse comme une étoile lumineuse qui doit la guider et l'encourager, vous devez, hélas ! marcher dans le triste champ des réalités décevantes ; tous vos efforts devront tendre à vous bâtir un avenir, comme le triste oiseau des ruines se construit péniblement un nid entre d'arides rochers.

» — O mon père, s'écria Adrien, touché jusqu'au fond de l'âme de la sollicitude de l'auteur de ses jours, et c'est à nous que vous songez encore, après vous être dépouillé en notre faveur d'une fortune qu'une impérieuse vieillesse réclame ! Ne devons-nous pas nous oublier nous-mêmes devant un si grand intérêt que doit nous être le vôtre ? Mon père, nous travaillerons, ainsi que ma sœur, mon angélique sœur ; nous serons ouvriers, s'il le faut.

» — Ecoute, reprit gravement M. Dumanoir, une de mes grandes douleurs que je veux te dire est celle-ci : j'ai peut-être mal calculé en vous plaçant, ton frère et toi, dans un collège. N'aurais-je pas fait preuve de plus de sagesse, n'aurais-je pas mieux travaillé dans votre intérêt, en n'élevant pas votre intelligence à un degré d'instruction qui vous rendront et plus pénibles, et plus doulou-reuses les luttes qui vous attendent dans une société si mal constituée, qu'il faut, pour y briller d'un certain éclat, commencer par y étaler quelques richesses. Le pauvre, hélas ! qui veut se faire re-marquer par la foule doit avoir avec son talent et son génie une forte dose de persévérance, s'il ne veut pas s'arrêter en chemin. Son cœur doit saigner mille fois, avant qu'il ne prenne enfin sa place dans cette société qui accepte si difficilement un nom, une renommée quelconque. Arrivés d'ailleurs à ce point d'instruction qui est beaucoup et qui n'est pas assez, il me faudrait encore de l'argent pour

achever mon œuvre, en vous ouvrant à tous deux
une carrière dans la magistrature, dans la méde-
cine, ou dans une branche industrielle.

» Que faire, mon Dieu ? que résoudre ? tu parles
de te faire ouvrier ; mais alors, mon pauvre enfant,
à quoi m'auront servi mes nombreux sacrifices ?
Aviez-vous besoin du grec et du latin pour manier
un rabot ? Vous résignerez-vous de gaieté de cœur,
après vous être assis si longtemps à la table des
lettres et des sciences, à n'accepter, pauvre Lazare
que vous êtes, que les miettes du festin ? Il vous
faudra donc jeter vos habits de collége pour endos-
ser la blouse des enfants du peuple ? Votre amour-
propre, votre orgueil, n'en seront-ils pas trop hu-
miliés ? n'en souffrirez-vous pas trop ? et réussirez-
vous à étouffer, dans l'atelier obscur où vous serez
renfermés, les rêves d'ambition que vous avez faits
sur les bancs du collége ? Voilà, mon fils, l'objet de
mes plus douloureuses préoccupations. Tu le vois,
mon enfant, mon propre orgueil, mon ambition pour
vous n'auront servi qu'à vous rendre misérables !
Si j'eusse mieux calculé, mieux établi le budjet de

mes ressources, je n'aurais point à déplorer mes
erreurs.

» — Cessez de vous affliger, interrompit Adrien,
et son front prit un aspect de gravité triste qui lui
était ordinaire dans toutes les occasions qui sor-
taient un peu de la vie commune. Mon père, tout
n'est pas perdu encore, et si Frédéric pense comme
je le fais, aucun chemin ne lui semblera pénible,
quand il s'agira de vous procurer le repos et le
bien-être que votre âge et votre titre de père
réclament impérieusement de nous.

» Hélas! faut-il vous l'avouer, mon père, dans
l'ignorance complète où j'étais de l'état de notre
fortune, et dans la croyance illusoire que j'avais
que vous pouviez vous passer de l'appui de vos
enfants, j'avais arrangé pour moi le seul avenir
qui convînt à ma modeste ambition et à la disposition de mon esprit. Dans l'état des choses
actuelles, je me regarderais comme un ingrat et
un abominable égoïste, si je conservais les idées
que j'avais si longtemps caressées dans le silence

de mon cœur. Je dois m'oublier complètement
pour ne songer qu'à votre intérêt. Il ne nous sera
peut-être pas aussi difficile que vous le pensez,
Dieu nous venant en aide, de pénétrer dans le
monde, de nous y faire une petite place, de nous
y créer enfin un genre d'occupation en harmonie
avec nos modestes facultés intellectuelles. Est-ce
à dire qu'il faille monter au haut de l'échelle sociale pour se croire heureux? Plus on est élevé,
mon père, plus aussi sont à redouter les chutes;
allez, mon père, il y a place pour tous sous le
soleil de Dieu, et puis si tout nous échappe, eh
bien! pourquoi craindrions-nous de partager les
travaux de cette portion si estimable de la société,
pourquoi rougirions-nous d'être ouvriers? n'est-ce
pas la vertu de l'homme qui honore l'état qu'il pro-
fesse? Une position, quelque élevée qu'elle soit,
pourrait-elle effacer les vices de caractère de celui
qui en jouit? Non, mon père, ne craignez rien;
je serai toujours heureux lorsque je pourrai me
dire : j'agis selon les principes du christianisme,
de l'humanité; lorsque je pourrai me dire : je
fais mon devoir.

» — Oh ! Seigneur, soyez béni ! s'écria M. Dumanoir en serrant dans ses bras Adrien, soyez
béni ! vous m'avez donné un fils qui doit appeler
votre bénédiction sur la maison de son père. Mon
fils, tu as tenu toutes les promesses de ta première
enfance ; tu es tel enfin que mon amour paternel
te désirait ; chez toi, la sagesse l'emporte sur la
science ; la sagesse rend heureux, mon enfant.
Mais dis-moi, Adrien, quel était l'avenir que tu
avais rêvé, pourquoi donc y renoncerais-tu ? Voyons,
ouvre-moi ton âme tout entière :

» — Porté de bonne heure à l'observation des
choses de ce monde, mon père, répliqua Adrien,
j'ai remarqué que celui qui place son bonheur dans
la possession des biens terrestres est un insensé,
parce que, avec tout l'or du Pérou, il n'échappera
pas aux douleurs et aux infirmités de notre humaine nature, et que loin de perfectionner son
cœur en faisant un noble usage de ses richesses,
en venant au secours des pauvres, le riche devient
inhumain et égoïste. J'ai remarqué, mon père, que
la société était divisée pour toujours ; qu'une grande

souffrance l'agitait continuellement ; qu'il n'y avait
plus parmi les hommes ni concorde , ni foi , ni
sainte fraternité ; que l'humanité était expirante ,
que la société était minée de vices , que l'amour
de l'argent résidait dans presque tous les cœurs ,
que toutes les passions des hommes s'étalaient
honteusement sur le théâtre du monde , et que la
sagesse et la vertu étaient , dans la société actuelle ,
des mots sans valeur. J'ai eu peur , mon père , j'ai
eu de l'effroi au cœur , en songeant que j'appar-
tenais à un tel monde ; j'ai eu peur de me perdre
à la contagion de la maladie du siècle , et je m'étais
promis de me dévouer au culte des autels. Oui ,
je voulais être prêtre , mon père ; cette mission de
charité , de paix et d'amour , qui est donnée aux
ministres du Seigneur , plaît infiniment à mon
cœur ; oui , mon père , je voulais être prêtre pour
pouvoir éclairer un petit nombre d'hommes , en
prêchant constamment la parole de Dieu ; pour
suivre l'homme pas à pas , depuis son berceau jusqu'à sa tombe , pour assister et encourager les
mourants dans le rude passage de cette vie à l'autre ; oui , je voulais être prêtre pour devenir un

zélé apôtre de l'humanité. Aujourd'hui, mon père,
je comprends que mon devoir m'attache à ce monde
que je voulais quitter ; j'espère que Dieu aura pitié
de moi, et préservera mon innocence et mon cœur
de toutes les souillures du péché !

» — Mon fils, dit M. Dumanoir, quand Adrien
eut cessé de parler, mon fils, tu me fais en ce
moment regretter vivement la perte de notre fortune ; j'espère pourtant que nous pourrons nous
passer de ton noble sacrifice ; attendons l'arrivée
de Frédéric, et lorsque nous nous serons enten-
dus, il pourra se faire que nous soyons tous satisfaits et heureux. »

CHAPITRE III.

Égoïsme et indifférence de Frédéric pour son père ; il se livre au monde.

Dans l'état de délabrement où était sa fortune, M. Dumanoir ne pouvait guère espérer d'autre avenir pour ses fils, que de leur obtenir des places dans diverses administrations. Il frémissait néanmoins en songeant aux difficultés qu'il lui faudrait surmonter, car il savait que toutes les administrations de Paris fourmillent d'employés, et que pour une place qui deviendrait vacante, il y a plus de cent postulants hautement protégés, qui attendent le moment d'entrer en fonctions. Cependant il se flattait qu'avec l'appui de quelques amis en crédit, qu'il s'était faits à Paris, il réussirait à soustraire ses fils à l'indigence et à l'oisiveté,

deux fléaux d'autant plus redoutables, que l'effer-
vescence et l'activité de l'imagination des jeunes
gens les entraînent presque toujours dans de grandes et déplorables erreurs ; s'il ne craignait rien
pour Adrien, le pauvre père nourrissait depuis
longtemps de secrètes inquiétudes sur Frédéric,
et il lui tardait de le voir hors du collége, et à
l'école du monde, pour pouvoir mieux juger de
ses sentiments. De leur côté, Adèle et Adrien hâ-
taient de leurs vœux leur réunion avec un frère
qu'ils n'avaient cessé d'aimer tendrement.

Cependant ce jour si désiré par toute la famille
arriva enfin. Frédéric rentra dans la maison paternelle, et l'espoir qui, à défaut de bonheur, s'était
glissé dans toutes les âmes, s'évanouit bientôt,
pour faire place aux plus fâcheuses impressions.
Après quelques jours d'une pénible contrainte,
Frédéric se montra sous son véritable aspect.
Pour cet enfant, devenu jeune homme, les années
s'étaient légèrement succédées, sans apporter la
moindre maturité à son esprit, la moindre sensibilité à son cœur ; l'orgueil avait étouffé en lui

tous ses bons sentiments; l'orgueil avait fini par faire de lui un misérable égoïste.

En apprenant la ruine de sa famille, Frédéric ne pleura que sur lui; il ne tint nul compte à son père des sacrifices faits à son éducation; il en vint même à lui reprocher, dans le silence de son âme, d'avoir commencé une œuvre qu'il lui était impossible d'achever. C'est ainsi que les ingrats savent inventer des prétextes pour s'affranchir envers leurs bienfaiteurs d'une lourde reconnaissance. Le dévouement angélique d'Adèle, le sacrifice que faisait Adrien, dans l'intérêt de sa famille, ces deux exemples furent perdus pour lui. M. Dumanoir, déjà tant affaibli par les rudes secousses morales qu'il avait eues à supporter, s'affligeait vivement en face d'une accablante réalité; la tristesse régnait sous ce toit; Adèle ne chantait plus en travaillant; ses plus tendres soins se portaient sur son père bien-aimé; la pauvre enfant attendait maintenant pour se livrer à la joie un sourire de son père, comme la tendre fleur attend pour s'épanouir un rayon de soleil. En vain

avait-elle cherché à inspirer à Frédéric de meilleurs sentiments, à éveiller sa sensibilité, en lui
parlant des ravages que faisait la douleur sur leur
père infortuné. En vain la douce fille avait rappelé
au jeune insensé tous leurs souvenirs du jeune
âge, évoqué la mémoire d'une bonne et pieuse
mère qui, du haut du ciel, protégerait ses enfants, s'ils ne s'écartaient point du devoir et de
la vertu.

« Et que me parles-tu, dit-il un jour à sa
sœur, de travail et de résignation? crois-tu, Adèle,
que je veuille consentir à voir s'éteindre dans
un obscur bureau d'employé les hautes facultés
d'intelligence que j'ai cultivées; à attendre avec
impatience chaque fin de mois qui doit m'apporter le paicment d'un travail, qui servira tout
juste à m'empêcher de mourir de faim? Et j'ac-
cepterais moi, une pareille condition; je consen-
tirais à courber mon front humilié devant une
société toujours prête à jeter la pierre au pauvre,
et à soutenir le riche; est-ce ma faute, si nous
vivons dans un siècle d'argent, et si, par con-

tagion , je me sens pris d'une soif insatiable des richesses ?

. » — Mon ami, observa Adèle , je consens à te voir préférer la fortune à la pauvreté; il faudrait avoir une dose de sagesse pareille à celle d'Adrien , pour se trouver heureux au sein des plus dures privations ; mais ce que je ne comprends pas, c'est que tu puisses te révolter contre notre situation présente , au point de croire toute félicité éteinte pour toi ; et parce que tu veux arriver à un plus brillant avenir, oublier qu'il y a autour de toi de chères affections qui exigent la réciprocité de ton cœur ; que tu as un père malheureux , à qui tu dois toutes tes pensées, tout ton respect et toute ta gratitude. Je suis bien jeune , bien inexpérimentée encore de toutes les choses de la vie et du monde ; mais je sens pourtant que le bonheur ne réside point dans le chiffre plus ou moins élevé des richesses, qu'il réside seulement dans la paix du cœur, la modération des désirs, la médiocrité de la fortune , et surtout dans l'accomplissement du devoir. Un ambitieux n'est jamais satisfait; ses coffres regorgeraient d'argent, qu'il voudrait en acquérir encore. Toujours tourmenté, jamais en repos avec lui-même, celui qui a la passion des richesses finit par se matérialiser comme le métal dont il se fait une honteuse idole. Ce que j'exigerai de toi, ô mon cher Frédéric, serait que tu devinsses assez raisonnable pour te plier noblement sous de malheureuses circonstances indépendantes de la volonté de nous tous, que tu acceptasses, sinon avec résignation, du moins avec plus de calme et de douceur, le calice amer qu'il plaît à Dieu de présenter à tes lèvres.

» — Paix! s'écria l'impétueux jeune homme, fais-moi grâce de tes sermons, j'ai déjà prié Adrien de ne plus me briser la tête des siens, » et il tourna le dos à sa sœur. Accablée, les yeux pleins de larmes, la pauvre petite quitta son frère, et dès ce moment Adèle pressentit pour Frédéric le plus désolant avenir.

Comme tous les nobles cœurs, comme toutes les

âmes pieuses, Adrien se tenait préparé et rassemblait ses forces pour lutter courageusement avec l'adversité. Présenté par son père à l'un des amis influents, sur lequel le vieillard malheureux avait le plus compté, sa modestie, l'affabilité de ses manières, l'inexprimable bonté qui rayonnait dans son intelligente physionomie, lui gagnèrent aussitôt l'estime et l'affection de l'homme puissant, et après quelques jours d'une douloureuse attente, Adrien fut en jouissance d'une place qui, bien que modeste, le mettait à même de soutenir le pauvre ménage, dont il se constitua dès-lors le chef.

Mais que faisait Frédéric, pendant qu'Adrien exerçait ainsi l'instruction qu'il avait acquise au profit de sa famille? Après avoir repoussé avec une sorte d'indignation la proposition que lui fit son père de lui procurer un poste à peu près semblable à celui de son frère, Frédéric ne paraissait plus à la maison qu'aux heures où, par les soins d'Adèle, les repas étaient servis.

Frédéric voulait *se lancer* tout seul, disait-il.

Semblable à bien des jeunes gens de nos jours,
dont la présomption étouffe le peu de mérite,
Frédéric pensait qu'il était absurde de partir de
si bas pour arriver si haut; et d'un bond il pensait atteindre le faîte des honneurs et de la fortune; pour cela il ne s'agissait que de savoir attendre, c'était selon lui un point important, et
il attendait.... Il avait commencé par visiter tous
ses camarades de collège, et comme dans le choix
qu'il avait fait de ses meilleurs amis, il n'avait
suivi que les sympathies qui le portaient vers ceux
le plus semblables à lui, il se trouva qu'il ne
possédait l'amitié que de ceux-là qui n'attendaient
que leur contact avec un monde perverti, pour
mettre au grand jour, pour développer les mauvais
instincts qu'ils n'avaient pas voulu combattre, soit
en appelant à leur aide la raison, soit en prêtant
l'oreille aux voix amies qui voulaient la détourner
d'une pernicieuse route.

Frédéric passait donc ses journées avec ses compagnons de classe; la plupart appartenaient à des
familles riches ou élevées en dignité, qui puisaient

même, dans la perspective d'une fortune à venir, une
indolence fatale et le goût de la dissipation. Placés
plus haut, ils devaient marquer leur vie des plus
honteuses taches. Car ce n'est point dans une vie
oisive et dans les cercles, qu'un jeune homme
peut acquérir les vertus qui lui manquent; et s'il
n'a pas fortement imprimés au cœur les sentiments
de ses devoirs envers sa famille et envers les hommes en général, cette facilité qu'il aura à se procurer de l'or, et les moyens de le dépenser fol-
lement, le conduira infailliblement à sa perte : le
travail et l'occupation de tous les jours étant la
meilleure sauvegarde de la vertu.

Qu'on interroge les annales des tribunaux, on
verra que le plus grand nombre de ceux qui y ont
été traduits, sont sortis de la classe la plus indi-
gente, ou de la portion la plus élevée de la société. Les premiers se perdent par l'oubli et
l'abandon de tout principe, et les derniers pour
s'être trop livrés aux désordres des passions qu'entraîne une funeste oisiveté ! On voit fort peu d'hommes de la classe moyenne, de la classe travailleuse,

sortir tout-à-coup du paisible cours de la vie privée,
pour jeter à une mémorable et honteuse postérité
un nom flétri, souillé de crimes.

Frédéric avait donc retrouvé ses compagnons
d'études ; quelques-uns d'entr'eux avaient su déjà
secouer le joug des parents, et se livraient avec
un entraînement sans égal aux plaisirs du monde,
plaisirs qu'ils avaient quelquefois rêvés sur les bancs
du collége !

Ce fut dans cette société de jeunes gens, dont
la fortune était si peu en rapport avec la sienne,
que Frédéric se sentit frappé au cœur de tristesse
et de découragement, en voyant ses amis vêtus
avec luxe, voler chaque jour à de nouvelles fêtes,
faire caracoler leurs chevaux au bois de Boulogne,
ou bien mollement renversés sur les coussins d'un
bel équipage, attirer dans les Champs-Elysées
les regards de la foule. Frédéric sentit naître dans
son cœur des mouvements de jalousie et d'envie ;
toutefois, il importait à ses projets d'avenir de
cacher, sous un semblant de gaieté et d'amitié pour

ses camarades, tous les chagrins dont son âme
était abreuvée.

De leur côté, les amis, par compassion peut-
être, entraînaient Frédéric dans le monde, dans
les salons les plus renommés ; ils ne cessaient de
lui répéter que c'était en se produisant sans cesse
dans le monde élégant, en s'y posant en homme
heureux, que tôt ou tard il y rencontrerait une
chance de fortune ; et, pendant que ses conseillers,
plus ou moins de bonne foi, l'entraînaient à pour-
suivre une vie inoccupée et coupable qu'ils s'étaient
eux-mêmes choisie, Frédéric laissait s'écouler tran-
quillement les semaines, puis les mois et les
années.

Pendant ce temps, la santé de M. Dumanoir
déclinait visiblement ; la conduite de Frédéric avait
porté le dernier coup à une existence que l'absence de nouveaux chagrins aurait prolongée peut-
être de quelques années ; le vieillard sentit se
rouvrir toutes les anciennes blessures de son cœur,
et sentait une profonde amertume au milieu d'un

monde où l'affliction l'avait toujours accompagné ;
par ses pensées, il s'était déjà détaché de la terre ;
elles étaient constamment portées vers le ciel, vers
cette autre patrie, où il aspirait d'arriver, afin de
se reposer de son dur pélerinage ici-bas. Ainsi
calme et tranquille dans son large fauteuil, M.
Dumanoir, avec une résignation toute chrétienne,
attendait l'appel de Dieu.

Adèle était l'ange domestique qui veillait sans
cesse autour de lui ; elle soignait avec une incroyable sollicitude le tendre père qui, elle le
pressentait, allait sitôt la quitter ; on eût dit qu'en
redoublant auprès d'un père infortuné d'attentions
délicates, de témoignages continuels de dévouement, en l'enveloppant, pour ainsi dire, du man-
teau de l'amour filial ; on eût dit que la pauvre
enfant voulait faire oublier au vieillard que le tendre
respect et la reconnaissance de Frédéric lui manquaient.

Quand parfois il venait à prononcer le nom de
ce fils oublieux et ingrat, Adèle était là pour cher-

cher à réhabiliter son frère dans l'esprit de M.
Dumanoir ; elle trouvait toujours dans son cœur,
véritable foyer des plus saintes affections, des
paroles conciliatrices, un mot qui arrêtait aussitôt
les justes plaintes de son père.

« Croyez, lui disait-elle d'une voix persuasive,
ah ! croyez que Frédéric vous aime, et que s'il
ambitionne une position plus aisée, ce n'est qu'afin
de vous voir à l'abri du besoin, et reconnaître
mieux tous les sacrifices que vous avez faits pour
lui. » Et Adèle, qui n'aurait jamais voulu souiller
ses lèvres d'un mensonge, se faisait à elle-même
de douces illusions ; elle croyait, disait-elle à son
père, que Frédéric ne tarderait pas à obtenir une
place d'un grand rapport, elle pensait que Frédéric
était hautement protégé ; quant à elle, elle ne pouvait douter du cœur de son frère ; elle se persua-
dait qu'il ne se préoccupait que de nobles choses,
et que sa première pensée était de pouvoir apporter
le bien-être dans sa famille. Lorsqu'elle achevait
de redire à son père ses pieuses espérances et
qu'elle avait réussi à convaincre le vieillard, quand

elle saisissait sur cette grave et triste physionomie, comme l'empreinte d'une joie passagère du cœur, ou d'un naissant espoir, Adèle croyait qu'elle réussirait à prolonger longtemps encore cette chère existence ; son cœur était pénétré de joie. Mais, hélas ! souvent aussi quand le vieillard peu crédule hochait tristement la tête et s'écriait : *ce fils me tuera !* Adèle courait au loin, se cachait à tous pour répandre des torrents de larmes ; prosternée devant l'image du Christ, les yeux attachés sur la divine croix, Adèle puisait dans cette contemplation des souffrances du Sauveur des hommes une consolation bien grande, et une résignation et une patience qui lui devenaient de jour en jour plus nécessaires.

Adrien partageait les douleurs et les tristes appréhensions de sa sœur ; au retour du travail, il passait ses soirées à faire à haute voix, à son père et à sa sœur, de pieuses lectures. Oh ! c'était un bien touchant tableau que celui qu'offrait l'intérieur de ce ménage ! Deux enfants qui rivalisaient de soins et de tendresse pour retenir la vie de

leur père, près de leur échapper pour toujours !
Ainsi agissaient Adrien et Adèle.

Où donc Adèle et Adrien puisaient-ils tant de
vertus ? Si jeunes tous deux, qui avait donc si fortement inoculé dans leur âme le sentiment de leur
devoir ? qui donc les faisait, dans leur pauvreté
et leur abaissement, si grands et si supérieurs ?
qui leur prêtait si souvent secours et appui au
milieu de leurs misères journalières ? qui leur mettait au cœur tant de force et de courage, qu'ils
se sentaient de taille à lutter avec de plus grandes
douleurs encore ? C'était la religion, la sainte religion qu'ils pratiquaient tous deux avec le même
zèle et la même ferveur ; c'était à ce divin creuset
que ces deux enfants s'épuraient et se grandissaient.

CHAPITRE IV.

Cruelle affliction qui frappe Adrien et Adèle ; leur résignation.

AUCUN évènement grave et sérieux n'avait troublé le cours habituel de ces quatre existences. M. Dumanoir s'affaiblissait dans son fauteuil, souffrait beaucoup sans exhaler une plainte. Adrien bornait alors toutes ses ambitions terrestres à remplir consciencieusement la place qu'il occupait. Adèle accomplissait avec courage sa sainte mission de femme, et Frédéric attendait toujours avec calme la fortune, lorsqu'un dimanche matin qu'Adrien était resté auprès de son père, son cœur se gonfla d'affliction : « Adrien, dit tout-à-coup le vieillard, Adrien, va me chercher notre digne confesseur ; j'ai besoin de son saint ministère, je sens que je vais mourir. »

Adrien obéit à cet ordre, pendant qu'Adèle , retenant avec efforts ses sanglots , préparait tout dans la chambre du malade pour la pieuse cérémonie qui allait avoir lieu.

Rien n'est si touchant , ni si solennel , que les dernières heures que le juste , que le vrai chrétien passe sur la terre ; tandis que ceux qui l'aiment pleurent et se désolent à ses côtés , lui , calme , immobile et recueilli , semble respirer dans une atmosphère de béatitudes une sorte de joie divine ; il voit approcher sans crainte et sans effroi le moment qui rompra le faible lien qui l'attache à la terre. Ce calme , cette force d'âme , cette douce quiétude de cœur et d'esprit , qui l'accompagnent jusqu'aux portes du tombeau ; cet espoir saint d'une heureuse éternité qui l'attend , en détruisant tout ce qu'a d'affreux , de triste et de sec pour l'impie , l'approche de la mort fait rayonner le front du juste d'une auréole qui donne au moribond quelque chose de surnaturel et de céleste. La fin du chrétien est comme un brillant et resplendissant coucher du soleil ; il passe , il disparaît,

mais il ne meurt jamais. Tel était M. Dumanoir,
à la fin d'une vie qu'aucun remords ne troublait,
une vie toute remplie de généreux dévouement,
d'abnégation et de souffrances, souffertes en ex-
piation de ses fautes et pour l'amour de son divin
Sauveur.

Quand Adrien revint avec l'ecclésiastique, on
laissa seuls le mourant et l'homme de Dieu.
Adrien et Adèle, agenouillés à la porte de cette
chambre, mêlaient leurs prières et leurs larmes
silencieuses.

Le moment qui va les séparer d'un père ou
d'une mère est le plus cruel dans la vie de tous
les enfants. S'ils ont été saintement dévoués aux
auteurs de leurs jours, s'ils ont rempli envers
eux tous les devoirs que leur a imposés Dieu d'abord,
puis leur cœur et leur reconnaissante tendresse,
ils ne peuvent envisager, sans un douloureux sai-
sissement, sans une immense désolation, le coup
affreux qui va les frapper. Mais combien plus sont
à plaindre ceux-là qui se sont affranchis envers

leurs protecteurs naturels, de tout respect, de
toute tendresse. Hélas ! c'est souvent alors que les
parents ont cessé d'exister, qu'il se réveille en leur
cœur, pour les rendre malheureux à jamais, un
profond regret, un repentir de leurs fautes, qui les
poursuit durant tout le reste de leur vie. Leur chagrin est d'autant plus vif, d'autant plus affreux,
qu'il leur est désormais impossible de retourner en
arrière, de faire renaître le passé, de ressaisir le
bonheur qu'ils ont volontairement repoussé.

Adèle et Adrien avaient le cruel pressentiment
de l'immense malheur qui allait fondre sur eux ;
les mains entrelacées, ils pleuraient tous deux,
ils demandaient au ciel la force et le courage qu'il
leur fallait pour survivre à cette nouvelle infortune.
On eût dit, à les voir ainsi tous deux, les mains
jointes, s'appuyer l'un sur l'autre, confondre et
leurs soupirs et leurs larmes, qu'ils unissaient leurs
pensées et leurs sentiments, afin que l'affliction
leur fût plus légère.

Quand le prêtre eut entendu la dernière con-

fession du malade, il sortit pour revenir aussitôt
remplir, auprès du mourant, un acte non moins
saint, non moins solennel.

« Pauvres enfants, dit-il, en apercevant Adèle
et Adrien courbés sous la même douleur; pauvres enfants, priez, la prière console; mais n'oubliez pas qu'il est au ciel un Père qui ne vous
sera jamais ravi.

Vers le soir de cette journée où M. Dumanoir
avait accompli ses derniers devoirs de chrétien,
il parut à ses enfants plus calme et moins souf-
frant. Le vieillard gardait un religieux silence;
mais son visage si amaigri et si pâle n'avait aucune de ces contractions qui ordinairement pré-
cèdent le terrible moment de la mort. Adrien et
Adèle se flattaient que leur père bien-aimé avait
éprouvé une de ces heureuses réactions qui, dans
bien des maladies, s'opèrent quelquefois à l'instant où l'on croit que la vie du malade est le plus
en danger. Ils se communiquaient tout bas et avec
joie cette douce espérance, lorsque tout-à-coup le

mourant, sortant de sa longue léthargie, s'écria
« Adèle, Adrien, mes chers enfants, je vous bénis;
vous m'avez rendu heureux, Dieu vous récompen-
sera. » En achevant ces mots, il laissa s'exhaler
un soupir, il n'était plus !.....

Appuyée sur le lit de mort, Adèle poussa pendant longtemps des sanglots déchirants. Le cœur
profondément affligé, mais calme en apparence,
Adrien détacha un crucifix qui était suspendu au
chevet du lit de son père, et le mettant sous les
yeux de sa sœur :

« O Adèle, lui dit-il, en face de cette sublime
douleur, en face des sanglantes souffrances d'un
Dieu bon et innocent, n'auras-tu pas la force de
supporter les tiennes? Vois cette couronne d'épines
sur le front de l'Homme-Dieu ; vois ces clous qui
attachent ses saintes mains à ce bois; il a souffert
tout cela sans se plaindre ! Quelle leçon pour les
hommes, ma sœur, pour les hommes souillés du
péché. Résignons-nous, Adèle, à la sainte volonté
de Dieu, qui a voulu rappeler à lui notre père;

il nous attend là haut, au suprême rendez-vous.
Imitons ses vertus, afin de pouvoir nous réunir à
lui dans le séjour promis aux justes. Adèle, calme-
toi, il te reste un bon frère.....

» — Oui, *un* frère seulement, murmura la pauvre jeune fille ; et l'autre, hélas ! l'autre n'a pas
assisté aux derniers moments de l'auteur de ses
jours ; il n'a pas recueilli, comme une promesse
de consolation et de bonheur, sa dernière et sainte
bénédiction.

» — Il est bien malheureux, reprit Adrien,
plaignons-le, ma sœur, et prions pour lui aussi,
et tous deux se prosternèrent et prièrent, puis ils
se relevèrent plus tranquilles ; mais tout fut dit,
hélas ! pour leur bonheur d'enfants. Le lendemain,
vêtus de deuil tous deux, ils accompagnèrent les
restes de leur père dans l'asile des morts. »

M. Dumanoir ne laissait à ses enfants qu'une
somme de dix mille francs ; et c'était bien, grâce
à Adèle, que le faible débris de fortune avait été
miraculeusement conservé. A cette occasion, il y

eut, entre la fille et le père, des scènes tou-
chantes, des combats attendrissants, dans lesquels
Adèle resta triomphante.

A l'époque où la dernière spéculation de M.
Dumanoir venait de lui faire défaut, il rapporta
tristement chez lui des billets de banque de la
valeur de dix mille francs. « Voilà, dit-il, tout ce
qui nous reste; Adèle, mets cet argent dans ton
armoire, Dieu viendra à notre aide quand il sera
épuisé. Pauvre enfant, ajouta-t-il, avec des sanglots dans la voix, pauvre enfant, j'espérais pouvoir te donner cela en dot.

» — Que parlez-vous de dot, s'écria Adèle,
c'est à vous seul qu'il faut songer, et alors l'enfant
déroula à son père un plan admirable pour assurer
l'avenir. Elle établit la dépense de la maison sur
l'échelle de la plus stricte économie, et quand elle
eut fini ses calculs, elle se résuma en disant qu'il
leur fallait quinze cents francs chaque année pour
pouvoir faire face à tout.

« Il faut donc, dit-elle, placer cet argent, afin

d'en obtenir un revenu, et il sera temps d'entamer le capital lorsque force sera.

» — Mauvaise arithméticienne, dit avec un mélancolique sourire le malheureux père, ne vois-tu pas que tu seras, en plaçant ainsi ton capital, en dessous de cinq cents francs?» L'enfant sourit alors ainsi qu'au ciel doivent sourire les anges.

« Mon père, dit-elle, en empruntant de son cœur des accents persuasifs, je vous le demande en grâce, faites ma volonté sans me demander mon secret, je vous en conjure pour cette fois; suivez mes avis, allez, je vous en prie, placer cet argent. » Cédant aussitôt à l'ascendant que sa charmante fille avait su prendre sur lui, M. Dumanoir sortit en emportant ses billets de banque, tandis qu'Adèle jetait un châle sur ses épaules, posa à la hâte un chapeau sur sa tête et sortit précipitamment.

M. Dumanoir n'avait rien négligé pour l'éducation de sa fille; s'il avait voulu soigner lui-même les trésors de son intelligence et de son cœur, il lui avait donné plusieurs maîtresses pour lui enseigner les travaux de son sexe.

Parmi tous les talents d'agréments qui étaient donnés à Adèle, elle avait semblé préférer l'art charmant de faire des fleurs. Rien ne plaisait tant à la jeune fille, que de faire naître sous ses doigts une rose, une tulipe, qui imitaient à s'y tromper, celles qui croissaient dans le carré du petit jardin qu'ils avaient dans leur maison du marais.

Celle qui venait chaque jour lui communiquer les secrets de son art lui avait dit quelquefois : « Savez-vous, mademoiselle, qu'il est fâcheux que vous ne puissiez pas exercer pour autrui le talent supérieur que vous avez acquis ? vous avez, sans vous en douter, une fortune au bout de vos doigts. » Et ces paroles avaient frappé l'imagination d'Adèle ; elles avaient d'abord éveillé en son cœur un certain contentement qui pouvait bien naître d'un mouvement d'amour-propre et de vanité ; qui donc en est totalement dépourvu ? Puis, en grandissant,

Adèle s'était arrêtée sur la pensée qu'elle pourrait bien travailler pour fournir à ses besoins, et qu'il lui serait bien glorieux un jour à venir, si elle pouvait se passer, pour exister honorablement, de l'appui de ses frères. Non pas qu'elle pût douter alors de leurs cœurs et de leurs sentiments, oh ! non, Adèle était encore à l'âge où les plus charmantes crédulités rendent heureux. Mais cette pensée lui venait d'une exquise délicatesse, qui inspire toujours le désir de se créer une honorable indépendance. Plus tard, quand la pauvre enfant comprit mieux la vie et les choses, quand son père lui confia ses déceptions de fortune, en un seul jour, on eût dit que l'enfant de seize ans s'était transformée en femme de trente. Adèle, qu'animaient également une ardente foi et l'amour filial, devait enfanter de grandes choses. Rien n'élève et ne grandit comme la vertu.

Adèle, sortie aussitôt que son père, se rendait chez son ancienne maîtresse de fleurs. Celle-ci était établie rue Saint-Denis ; elle était alors à la tête d'une maison qui jouissait d'une renommée bien

méritée; non-seulement on travaillait là pour la
ville et la cour, mais on faisait encore des envois
considérables à l'étranger.

Adèle ne tarda pas à expliquer à son ancienne
amie le but de sa visite matinale; elle raconta
ingénument, et avec la rougeur de la crainte sur le
visage, et des pleurs dans les yeux, comment le
triste état de la fortune de son père l'obligeait à
recourir au travail. Adèle fut accueillie avec bonté.
Cette dame, qui l'avait toujours distinguée d'entre
toutes ses élèves, eut des larmes pour ses larmes,
et tout bas elle admira le dévouement de cette
pauvre enfant qui, sans se briser, tombait de si
haut; qui renonçait de gaieté de cœur à toutes
les douceurs d'une vie aisée, pour prendre sa part
des tristesses attachées à la vie si dure d'un labeur
obligé.

« Voilà de la besogne pour une semaine, » dit-
elle, et elle étalait dans un carton, qu'Adèle devait
emporter, tous les menus objets qui servent à
composer des fleurs.

Chargé de son précieux trésor, le sourire le plus radieux sur les lèvres, l'enfant rentrait dans la maison, au moment où M. Dumanoir venait d'arriver lui-même. « Tous tes désirs sont satisfaits, » dit le père, en examinant attentivement l'enfant dont il ne pouvait s'expliquer l'air joyeux et triomphant; « on m'a payé d'avance six mois d'intérêt; voilà deux cent cinquante francs, ma petite ménagère.

» — Voilà, dit-elle à son tour, en étalant sur une table tout ce que renfermait le mystérieux carton.

» — Qu'est-ce donc que cela, dit le père?

» — C'est, répondit la jeune fille, de quoi m'amuser en gagnant trois francs par jour! dites encore, ajouta-t-elle, avec une inexprimable douceur dans la voix, dites encore, mon père, que je ne suis pas une excellente arithméticienne. Nous aurons, avec mon travail, juste quinze cents francs; n'est-ce pas là ce qu'il nous faut pour subvenir aux frais de notre modeste ménage? »

Le père, ému, ne put prononcer un seul mot;

il saisit la jeune fille dans ses bras, et pendant quelques minutes ils répandirent tous deux des larmes d'une ineffable douceur.

Ce fut ainsi qu'Adèle devint ouvrière fleuriste.

Reprenons notre histoire. Les quelques jours qui suivirent la mort de M. Dumanoir s'écoulèrent d'une manière bien sombre et bien triste pour nos deux pauvres orphelins ; puis ils dûrent reprendre leurs diverses occupations. Dès le matin, Adrien se rendait à son bureau, et Adèle demeurait seule à la maison. Le cœur de la pauvre enfant avait plus de tristesse et d'amertume qu'il n'en pouvait contenir ; aussi, combien de fois Adèle se vit-elle obligée de recourir à Dieu, à la prière, pour ne pas faiblir sous un invincible découragement !

Adèle, bonne comme elle l'était, s'affligeait plus peut-être pour ses frères que pour elle-même ; la profonde mélancolie d'Adrien, que rien ne semblait devoir distraire, lui perçait l'âme. « Ah ! sans moi, pensait-elle, rien ne l'empêcherait plus de dire un éternel adieu au monde, et de se dévouer au saint ministère, auquel il s'est cru appelé. D'un autre côté, elle ne savait pas plus qu'Adrien en quel lieu résidait Frédéric; il avait dit en partant qu'il allait habiter pour quelques jours le château d'un ami, et un mois tout entier s'était écoulé depuis ce départ, et il n'avait donné aucune nouvelle, et il n'avait pas songé à son père, et il était devenu orphelin. Peut-être qu'à l'instant où l'insensé faisait éclater dans un long rire une joie impie, son père, hélas! son père rendait le dernier soupir! Tout cela désolait la pauvre enfant. Adèle n'avait plus de repos; la gaieté, compagne de la jeunesse, n'habitait plus dans son pauvre cœur, elle ne souriait plus comme autrefois. Adèle, en faisant ses fleurs, dont le rapport était pour un père naguère chéri et vénéré, n'avait plus que des larmes et des douleurs.

CHAPITRE V.

Retour de Frédéric ; dévouement d'Adèle et d'Adrien.

Un matin qu'Adèle était plus vivement affligée que de coutume de la longue absence de Frédéric, celui-ci entra tout-à-coup. Il arrivait la joie au cœur, le sourire sur les lèvres ; mais toute cette gaieté se fondit bientôt devant la tristesse d'Adèle et les vêtements noirs dont elle était couverte.

« Ah ! s'écria-t-il, un malheur nous est arrivé ! je crains d'apprendre, mon père.....

» — Il n'est plus, dit Adèle en fondant en pleurs et en se jetant dans les bras de son frère. Nous l'avons perdu, hélas ! cet ami vrai et sincère, qu'on ne tient de Dieu qu'une fois !....

» — Il est mort, s'écria douloureusement Frédéric, et je n'étais pas là.... ! Oh! combien je fus coupable envers lui; jamais je ne me suis préoccupé d'une séparation possible entre nous. Hélas ! j'avais oublié qu'il pouvait mourir, et mourir sans me pardonner ! » Et Frédéric, dont l'ambition et l'orgueil avaient constamment dirigé les pensées, se montra, en ce moment qu'il s'en était dépouillé, tel qu'il était réellement, susceptible de bons sentiments.

Ce retour inespéré de Frédéric à de bons sentiments émut profondément Adèle. « Je partage, dit-elle à son frère, tous les regrets de ton cœur; il est triste de n'avoir point recueilli la dernière et suprême parole d'un père. Toutefois, comme la mort est impuissante pour rompre le lien qui unit l'enfant au père, du haut du ciel, le nôtre voit ton repentir et ta douleur. Il t'a pardonné, n'en doute pas, et il étendra sur toi encore sa bénédiction paternelle, si tu reviens à nous, qui t'aimons tant. Unissons-nous donc tous trois, pauvres orphelins que nous sommes, pour honorer sa mé-

moire, en donnant au monde le tableau touchant
de notre tendresse fraternelle. Frédéric, reviens
à nous tout-à-fait, dis-nous tes projets d'avenir,
associe-nous à toutes tes espérances, à toutes tes
déceptions. Je suis bien jeune encore, bien igno-
rante de la vie, mais je suis ton aînée ; et à défaut d'expérience, j'ai pour toi une vive tendresse
qui pourra peut-être te guider. Nous avons une
petite somme d'argent à partager ; eh bien, Frédéric, je te céderai ma part si elle peut t'être
utile, puisqu'il est reconnu, et que c'est ton intime
conviction, que sans argent on ne fait rien. Quant
à moi, le travail me suffira ; il est pour moi autant une nécessité de fortune, qu'un besoin pour
mon cœur ; eh bien ! voyons, mon frère, qu'as-tu
à répondre ?

» — Que tu es un ange, ma sœur, et que je
reconnais tous mes torts envers toi, et que je me
sens la force de les réparer. »

Adrien arriva en ce moment. Les deux frères
s'embrassèrent cordialement ; ils mêlèrent leurs

larmes, et le malheur eut le pouvoir de rappro-
cher, pendant quelque temps, deux cœurs qui ren-
fermaient des sentiments si opposés.

Un mois se passa de la sorte; en voyant ses
frères se livrer entr'eux à une douce confiance,
Adèle se reprenait insensiblement à l'espoir et au
bonheur. Elle ignorait, la pauvre enfant, qu'une
fois que l'ambition ou l'amour immodéré de l'argent s'est emparé d'un cœur, il n'y reste plus de
place pour les sentiments tendres, pour tout ce
qui constitue le véritable bonheur; elle ignorait,
hélas! que si l'ambitieux revient quelquefois encore
aux sentiments de la nature, bientôt se réveille
en lui cette passion dévorante, qui doit le rendre
à jamais misérable.

Un mois se passa donc ainsi, entre les trois
orphelins, dans la plus douce intimité. Adrien,
dont le caractère était toujours empreint d'une
pieuse et douce tristesse, continuait à remplir
sa place, bien que son cœur l'appelât incessam
ment vers un autre genre de vie et d'occupations,

et cependant son propre intérêt et ses penchants
les plus impérieux se taisaient devant le bonheur
de sa sœur chérie, qu'il voulait à tout prix protéger, et mettre par son travail journalier à l'abri
du besoin.

Le vertueux jeune homme, dans l'abnégation
qu'il faisait de ses plus chères espérances, se vouait
à un saint apostolat, qu'il pensait devoir être agréable à Dieu.

« Tant qu'il y a dans le monde un devoir à exercer, se disait-il souvent, je comprends que la volonté de Dieu m'y retient. »

Ce sacrifice, qu'il faisait journellement à la charitable sollicitude pour sa sœur, ne tombait point
sur un cœur indifférent et ingrat. Adèle n'ignorait
rien des sentiments d'Adrien, et elle se promettait de saisir la plus prochaine occasion qui se
présenterait, pour déterminer son frère bien-aimé
à embrasser l'état ecclésiastique, qu'elle savait être
l'objet de ses vœux les plus ardents.

Frédéric avait passé toutes ses journées à voir travailler Adèle, à calculer avec elle les bénéfices qu'elle recueillait dans la confection des fleurs. Un jour que la jeune fille lui dit avec un sourire bien doux : « Tu vois que j'ai trouvé dans ce travail un admirable moyen d'existence ! » Frédéric secoua tristement la tête, et répondit aussitôt à sa sœur :

» — Qu'est-ce que tout cela, pauvre fille, rien, moins que rien, je te l'assure. Dis-moi, quel rang ton état d'ouvrière te donne dans la société ? O Adèle ! si comme moi tu avais été initiée aux joies du grand monde, tu te prendrais toi-même en pitié; si comme moi tu avais vu resplendir les salons de Paris de tout ce qu'il y a de jeunes hommes à la mode ; si tu avais vu des parures éblouissantes de diamants, des tentures d'or, des flots de lumières, des tables somptueuses; oh ! Adèle, si tu pouvais te faire une idée du bonheur des riches, tu ne voudrais plus toucher à tes *pinces* et à tes *ciseaux*; tu jetterais tous ces ignobles outils par la fenêtre et tu te dirais : pourquoi donc, formée du

même limon que tant d'autres jeunes personnes,
pourquoi me renfermerais-je volontairement et plus
longtemps dans cette existence obscure, dans cette
vie de pénible et fatigant travail? Il y a des gens,
et tu es de ce nombre, ma sœur, qui, par leur
imprévoyante apathie, consentent à traîner une
détestable vie dans la misère, quand, avec un peu
d'énergie et de bon vouloir, ils pourraient atteindre
le faîte de toutes les félicités humaines. »

Adèle tressaillit. La pauvre enfant sembla se
réveiller tout-à-coup d'un songe pénible. Frédéric,
qu'elle avait cru guéri de toutes ses folles ambitions, lui apparut alors plus dominé que jamais
de l'amour de l'argent.

« Que veux-tu dire? s'écria-t-elle, partagée
qu'elle était entre une crainte bien vive et une
indicible douleur? Crois-tu, continua-t-elle, qu'il
dépend de ma volonté seule de me faire tout-
à-coup riche à millions? Crois-tu, d'ailleurs, que
j'envie le sort de cette portion opulente de la société, dont les besoins s'accroissent en proportion

des ressources? Oh non ! Vois-tu, si j'ai quelquefois senti en moi le désir d'être riche, ce n'a
été qu'à la vue de toutes les misères que je voudrais pouvoir soulager ! Si j'avais une fortune, j'en
ferais, sois-en sûr, un meilleur usage que de me
parer pour briller dans les salons? Crois-tu que
les joies d'une coupable vanité sont comparables
en douceur à celles que doit procurer la bienfaisance ?

» Mais que veux-tu dire, Frédéric, continua
Adèle ? une pensée est cachée dans tes paroles
accusatrices. Comment, si je le voulais, parvien-
drais-je à me créer une autre position ? voyons,
parle ; aussi bien, je vois qu'il est temps que tu
te préoccupes sérieusement de ton avenir. Tu
n'ignores pas que notre cher frère Adrien souffre
beaucoup de cet état de choses où nous sommes
jetés ; il se sacrifie pour nous ; cela n'est pas juste.
Toutes ses pensées sont dirigées vers Dieu ; il lui
tarde de s'attacher au culte de la religion. C'est
à nous à l'engager à ne plus retarder l'instant de
son bonheur. Voyons quels seraient les moyens

que tu emploierais pour te créer une position in-
dépendante et honorable ?

. » — Il me faudrait de l'argent, dit Frédéric,
en poussant un douloureux soupir. Il y a mille
spéculations que je pourrais tenter , si j'avais de
quoi m'engager dans une affaire quelconque ; je suis
certain qu'avec l'aide des amis influents que je me
suis faits dans le grand monde , j'arriverai à tout.
Mais comment aller vers eux , quand je ne puis,
ni par ma toilette , ni par le peu d'assurance , que
laisse au fond de mon cœur ma désolante pénurie,
me mettre à leur niveau , à leur unisson ? Tu sens
bien que cela m'est impossible. La société est ainsi
faite, et je ne dis pas que ce ne soit un grand
vice qu'elle porte en son sein ; la société est ainsi
faite, qu'elle ne départ aucune de ses faveurs au
vil mendiant qui s'en va quêtant toujours une grâce
comme un indicible bienfait. Ah ! si tu avais plus
de confiance en mes capacités , tu verrais bientôt
ton frère honoré , recherché par tout ce que Paris
renferme d'hommes distingués en mérite. Et toi
qui es bonne, Adèle , tu te dirais avec joie : son

élévation est mon ouvrage ! Voilà ce que tu te dirais, ma sœur ; et puis, comme tu trouverais du
charme et du bonheur dans la bienfaisance, tu
puiserais à pleines mains dans mes coffres-forts... »

Adèle laissa tomber sa tête sur sa poitrine, elle
réfléchit pendant un instant ; instant d'un curieux
silence pour l'impatient Frédéric. En prenant la
détermination à laquelle la pauvre enfant se préparait, elle n'eut en vue que le bonheur de son
frère Adrien. En me mettant, pensait la pauvre
jeune fille, sous la protection de Frédéric, Adrien
se croira affranchi envers moi de tout devoir, et
il ne suivra plus alors que les inspirations de son
cœur. « Allons, se dit-elle, je vais continuer ma
mission de fille résignée, » et son noble visage
s'éclaircissant à la pensée qu'elle allait faire, pour
la félicité de ceux qu'elle aimait, le sacrifice de
son propre bonheur, elle prononça d'un ton aussi
calme que joyeux :

« Louons dès demain, dit-elle, un appartement
dans le quartier qui te paraîtra convenable. Je t'y

suivrai ; je te laisse le maître de ma part d'héritage ; Adrien entrera dans un séminaire ; je ne te
demande qu'une grâce, Frédéric, c'est de me laisser continuer à faire des fleurs. Voilà qui est
irrévocablement arrêté entre nous ; es-tu satisfait ? »

Et pour toute réponse, le démon baisa l'ange
sur le front.

Au retour d'Adrien, on lui soumit tous les projets de Frédéric. Son cœur sans défiance, et in-
capable d'un soupçon injurieux, accueillit avec
plaisir cette confidence. D'ailleurs, la joie, dont
s'enveloppait au-dehors Adèlè, aurait suffi pour le
tromper ; sa sœur, dont il avait tant de fois admiré
la prudence, et la sagesse approuvait Frédéric. C'en
fut assez pour lui, il donna son assentiment au
nouvel ordre de choses qu'on voulait établir. Dès-
lors, il ne chercha plus pendant quelques jours
qu'à se faciliter l'entrée dans un séminaire. Adrien
s'était fait un véritable et sincère ami du chef de bureau duquel il dépendait ; cet homme, après l'avoir
interrogé sur ses projets à venir, apprenant qu'il

n'obéissait qu'à la profonde vocation qui l'entraînait vers l'état ecclésiastique, voulut lui donner
un dernier témoignage d'estime et d'amitié, en
s'employant activement pour lui, à l'effet de lui
obtenir une entrée gratuite dans le collége de Juilly.
Au bout de quelques jours, il fut assez heureux pour
lui annoncer cette bonne nouvelle. Adrien était
attendu avec impatience dans le célèbre collège.

« Tu ne seras pas seule, Adèle, à faire un petit
sacrifice à Frédéric, dit un soir Adrien en rentrant
chez lui, voici mon admission gratuite dans un
séminaire. Frédéric, je te cède ma part d'héritage,
et Dieu aidant, mon frère, fais le meilleur usage
possible de ces petites ressources que nous mettons
à ta disposition. N'oublie pas, Frédéric, oh! n'oublie jamais, je t'en conjure, que pour t'attirer la
protection du Seigneur et les bénédictions du ciel,
il faut ne t'écarter jamais du sentier de l'honneur
et de la vertu; n'écoute jamais que la voix de ta
conscience et de ton cœur, et penses que tu por--
terais l'affliction dans nos âmes, si nous pouvions
te supposer malheureux; tu le serais, en effet, mon

frère, si tu renonçais aux bons et consolants principes de la religion et d'une sévère morale. »

Bien que le jeune insensé pensât, en écoutant
Adrien, qu'il remplissait admirablement déjà les
fonctions qu'allait lui imposer l'état qu'il était sur
le point d'embrasser, néanmoins il se garda bien
d'en faire hautement la remarque. Et le ton d'humilité hypocrite, avec lequel il répondit à son frère,
confirma Adrien dans la pensée qu'il était complètement revenu des égarements de cœur, dans
lesquels il était un instant tombé.

Cependant le moment d'une séparation entre les
frères approchait, déjà Frédéric avait déplacé le
petit capital dont on l'avait fait maître ; déjà des
ouvriers de toute espèce paraient somptueusement
l'appartement qu'il avait loué dans la Chaussée-
d'Antin, et Adèle faisait en soupirant les apprêts
d'un déménagement prochain. Il semblait à la
bonne et pieuse enfant, qu'en se séparant pour
toujours des lieux où elle avait grandi, où
elle avait connu à la fois tant d'espoirs encoura-

geants et de tristesses profondes, des lieux enfin
où l'image d'un bon et tendre père était pour ainsi
dire saintement incrustée partout, il lui semblait
qu'elle disait aussi un adieu éternel à tout ce qu'il
y eut pour elle de bon dans la vie. La pensée
qu'elle ne verrait plus chaque jour Adrien se mêlait à toutes les secrètes angoisses qu'elle s'ef-
forçait de cacher à ceux qui auraient pu s'en alar-
mer. Adèle recourait bien souvent à la prière ; elle
élevait sa voix vers Dieu, source de toute grâce
et de toute consolation ; il faut avoir été malheureuse, il faut avoir souffert, il faut, le cœur plein
de foi, avoir pleuré près d'une croix, pour bien
apprécier toute la puissance de la prière sur un
cœur désolé.

« Ah ! pensait quelquefois Adèle en se relevant
calme et radieuse ; ah ! sans la religion, sans
l'espérance sublime d'une vie meilleure, que res-
terait-il aux infortunés ? »

CHAPITRE VI.

Adèle change de maison; sentiments de Frédéric.

ENFIN l'heure du départ d'Adrien sonna. Prêt à monter en voiture, il ne put plus longtemps contenir la douleur qu'il tenait depuis quelques jours cachée au fond de son âme. Adrien versa des torrents de larmes en se séparant d'Adèle et de Frédéric.

« O ma sœur, dit-il à la jeune fille, dans ce nouveau monde où tu vas vivre, n'oublie jamais ni Dieu, ni ton frère; et si tu n'y étais pas aussi heureuse que ce que j'ose espérer, écris-moi, et je serai bientôt près de toi. Adieu, ma sœur bien-aimée, ton nom sera toujours mêlé dans mes prières, adieu.... » Et après avoir serré une

fois encore la main de Frédéric en lui recommandant tendrement leur sœur, après leur avoir donné
le dernier baiser d'adieu, Adrien monta vivement
dans la voiture, qui ne tarda pas à rouler vers Juilly;
et Frédéric et Adèle prirent le chemin de la nouvelle maison qu'ils allaient désormais habiter. Bien
qu'il lui eût été donné un appartement meublé
avec élégance et qui lui offrait toutes les commo-
dités désirables, Adèle n'éprouvait pas moins cet
affreux malaise, cet ennui si triste que l'on ressent chaque fois que l'on rompt tout-à-coup avec
d'anciennes habitudes, et qu'on est obligé de
prendre pied, pour ainsi dire, dans un monde
inconnu, dans un nouvel ordre de choses et d'objets.

Le cœur plein de diverses afflictions, dont la
plus grande assurément était l'absence d'Adrien,
la jeune et noble fille partageait son temps entre
le travail et la prière. Elle ne permettait guères à
son imagination de s'égarer dans les champs infinis
de l'avenir; avec sa confiance en la bonté paternelle de Dieu; il lui suffisait de prendre soin de

sa conscience et de ses actions, pour être certaine
que tout ce qui pourrait survenir dans son sort,
ne découlant que d'une volonté suprême, ne pouvait l'amener à une autre fin que celle de lui procurer toute la félicité qu'il est humainement possible d'espérer ici-bas.

Retirée dans sa chambre dont elle avait fait à
la fois un oratoire et un atelier de fleurs, Adèle
ne voyait guère Frédéric qu'aux heures des repas;
elle se bornait à diriger la servante, pour que
celle-ci pût apporter dans la maison le plus d'économie possible.

Quant à Frédéric, après avoir monté sa maison
sur le pied de l'aisance, il s'occupa peu de sa
sœur, dont il détestait les goûts obscurs et pro-
saïques. C'est ainsi que l'insensé nommait le noble
dévouement, la sainte abnégation et l'amour du
travail d'Adèle.

Dès que Frédéric reparut dans la société de ses
amis, dès qu'il y put afficher les avantages de la
fortune, il se trouva plus que jamais recherché et
fêté par eux. Son amour-propre, son orgueil, le

désir immodéré de posséder réellement les richesses
qu'on était en droit de lui supposer, s'accrurent
à mesure que toutes les passions qui le dominaient
trouvaient de déplorables aliments. Pour tout au
monde, il n'aurait voulu dire le chiffre réel
de son avoir. Renoncer à la faveur du monde élégant, qui l'admettait dans son sein comme s'il eût
été l'un des siens, lui aurait été plus douloureux
que de subir la mort. Souvent la pensée qu'il
pourrait un jour paraître escorté de sa pauvreté,
et qu'il serait chassé alors de ces brillantes sociétés
comme un misérable paria, s'il ne trouvait un
moyen infaillible de gagner de l'or; souvent cette
pensée l'accablait même au milieu des enivrements
de sa sotte vanité. Les rires joyeux et bruyants de
ses heureux amis le faisaient tressaillir; il semblait y voir déjà quelque moquerie injurieuse à son
adresse, il sentait aussitôt arriver des larmes à sa
paupière, une vive et cruelle douleur étreignait sa
poitrine, les mots se glaçaient sur ses lèvres, il
demeurait muet et rêveur, et le sourire qu'il avait
commencé s'achevait dans une contraction ner-
veuse. Pauvre et insensé Frédéric !.....

Frédéric s'abusait étrangement sur la route à prendre pour arriver à une honorable position, en offrant au monde le tableau menteur de grandes ressources ; personne ne songeait à lui frayer un autre chemin que celui qu'il suivait. En le supposant heureux dans sa condition, qui donc pensait à l'en faire changer? Aucune main ne se levait pour arracher le masque riant qui cachait de grandes et profondes tristesses, d'amères et cruelles craintes, qui s'aiguisaient encore par le contact des gens réellement heureux, avec lesquels il se mettait constamment en rapport.

Comme la plupart des jeunes hommes de ce siècle, il voulait tout obtenir avant d'avoir donné quelque chose. Il demandait à la société, pour laquelle il n'avait rien fait encore, qu'elle s'occupât exclusivement de lui, et il s'étonnait véritablement qu'il n'y eût que lui pour reconnaître son mérite, que sa voix pour proclamer ses louanges. Non-seulement il se posait dans le monde en homme qui n'a besoin d'aucune aide, d'aucun appui ; mais il voulait encore que l'on crût à la supériorité de son

intelligence. Il avait étudié le langage des salons,
langage qui consiste à dire des fadaises avec tant
de grâce qu'on le prendrait pour de l'esprit.

Pour imiter, hélas ! la plupart des jeunes gens
de ce siècle, Frédéric avait dit adieu à ses principes religieux. L'insensé s'était volontairement détaché de tous les liens qui pouvaient l'unir invi-
siblement au bonheur, pour faire parade d'un
odieux scepticisme.

Ne croire à rien, fouler aux pieds toutes saintes
croyances, nier toujours tout ce qu'il y a de vrai,
de grand et de généreux dans la vie, ne croire à
aucun désintéressement, à aucune sainte affection,
vouloir à tout prix démolir la société, pour l'établir sur des bases formées dans quelque cerveau
de rêveurs, ou inspirées par la légère fumée d'un
cigare de la Havane, se croire né pour devenir
prophète ou réformateur, n'appeler de ses vœux
que le trouble et un changement d'ordre de choses,
pour se faire à soi une large place dans le monde ;
voilà quels sont en miniature les sentiments de

tous les jeunes gens oisifs, qui se nomment entr'eux les hommes de la nouvelle France. Hélas ! ces jeunes hommes laissent s'écouler un temps précieux en longues rêveries, en paroles qui frappent l'air dans le vide ; paroles qui sont sans écho, sans retentissement, parce qu'elles sont dénuées de raison et de vérité.

Frédéric s'était donc donné l'épithète sonore d'homme de la jeune France, et il en professait hautement tous les vains principes. Les hommes sensés riaient de son assurance ; les vieillards avec lesquels il se mettait hautement en opposition de principes avaient pitié de lui, et s'il n'eût eu pour défenseurs quelques-uns des sectaires qui l'avaient endoctriné, Frédéric n'appuyant ses impudents discours, ni d'un grand nom, ni d'une fortune considérable, eût été peut-être honteusement chassé de quelques maisons dont les chefs étaient, pour la plupart, des hommes de bien, des hommes sensés !

Cependant, après quelques mois donnés à une telle existence d'oisiveté et de dissipations, la petite

fortune de Frédéric s'était considérablement amoin-
drie. Chaque fois qu'il puisait quelqu'argent dans
le sac où la portion d'héritage d'Adèle et d'Adrien
avait été jetée, il frémissait à la pensée que ce sac
pourrait bien se vider complètement; et, malgré
cela, le jeune ambitieux, le jeune insensé n'en
poursuivait pas moins une vie désordonnée, qui
s'harmoniait merveilleusement avec ses goûts de
grand seigneur.

Un jour, Frédéric fut invité par l'un de ses amis
à une soirée chez un riche banquier; « On y joue
l'écarté, lui dit-il, j'y ai gagné mille francs la semaine dernière. » Et aussitôt un éclair de joie illu-
mina la pensée de Frédéric; il avait entendu dire
quelquefois, sans y avoir prêté jusqu'alors la moindre attention, qu'il y avait parmi la foule, qui rem-
plit les salons les plus à la mode, une foule de
jeunes gens qui, peu favorisés de la fortune, trouvent dans le gain fait au jeu des ressources cer-
taines. Ces gens-là, on les lui avait désignés comme
ceux qui menaient la plus joyeuse vie, qui se mon-
traient journellement au bois de Boulogne avec

8

les plus magnifiques chevaux ; c'étaient eux qui
encombraient les cafés les plus en renom, et qu'on
voyait assis aux tables de Very et de Véfour ; enfin
on les lui avait signalés comme étant les plus heureux du monde. Jusqu'à ce jour, Frédéric avait évité
avec soin de confier son petit avoir aux chances
du jeu ; si j'allais perdre, pensait-il, tout ce que je
possède, ne serais-je pas bien avancé ? Non, je
ne jouerai pas ; et il avait fui les salons où les
tables étaient couvertes d'un or qui étincelait au
feu de mille bougies. Il s'en était éloigné avec l'em-
pressement que l'on met à fuir un danger certain
et imminent. Il avait fermé ses oreilles au bruit
tentateur de l'argent qui, d'un salon à l'autre, re-
tentissait comme une séduisante musique, et souvent
même, avouons-le en son honneur, il avait quitté
brusquement ces maisons où la folie du jeu passait
dans toutes les têtes, et il était rentré chez lui bien
avant minuit, s'applaudissant tout bas de son hé-
roïque courage, de la victoire qu'il venait de rem-
porter sur lui-même.

Arrivé à cette terrible alternative qui allait le

forcer, soit à briser tout-à-fait avec les plaisirs du
monde, soit de soumettre sa vanité à demander à
un labeur journalier de nouvelles ressources, Frédéric frémit de douleur ; suspendu entre ces deux
abîmes, il n'eut plus de scrupules, il n'hésita plus,
il résolut de jouer tout son avenir sur une carte.
Après tout, que risquait-il, sinon que d'arriver
quelques jours plus tôt à sa ruine ? Ne trouverait-il
pas d'ailleurs dans un suicide le remède à tous ses
maux ? Ce suicide, qu'il saurait entourer de quelque éclat, n'occuperait-il pas toute la capitale ?
n'est-ce pas là encore un des mille moyens de célébrité ? Ah ! quand une fois l'âme s'est détachée
de toute sainte croyance, qu'elle a perdu la foi,
qu'on a matérialisé toute chose et soi-même, quoi
donc encore attachera l'homme à la vie ?

Une fois qu'il a vidé la coupe de toutes les jouissances humaines, ou épuisé une à une toutes les
douleurs, l'athée sans consolation, comme sans
espérance, cherchera dans la tombe un refuge
contre lui-même, un néant éternel. Pauvre et
épouvantable système qui aboutit à de telles fins !

Ainsi, toutes les plus mauvaises passions qu'il
n'avait pas essayé de combattre, ayant fait de Frédéric un incrédule, il s'abandonna aveuglément au
hasard, le dieu des sceptiques. D'ailleurs, dans
l'inertie physique où il avait si longtemps vécu,
Frédéric devait perdre le libre exercice de ses facultés morales. Il en était venu au point de re-
garder, comme un pénible travail d'imagination,
toute pensée qui n'embrassait pas à la fois le système et l'application immédiate. Et comme le vice
est presque toujours environné de quelques séduc-
tions, et que la vertu a l'abord grave et sévère,
Frédéric devait choisir le vice; et, dès qu'on a fait
un seul pas dans cette voie de perdition, il est
difficile de s'arrêter en chemin. On va toujours,
on marche de précipices en précipices, de chutes
en chutes, jusqu'à ce qu'enfin on soit ruiné tout-
à-fait de sentiments honnêtes, de probité, de réputation et de bonheur.

Frédéric alla donc à la soirée du riche banquier.
Ce ne fut pas sans une terreur étrange et secrète
qu'il avait versé dans ses poches tout l'argent que

contenait le sac ; dans les sons métalliques qui
s'échappaient des pièces d'or, se choquant entre
elles, il semblait au coupable Frédéric que les
voix d'Adèle et d'Adrien, pleines de tristesse et
de pleurs, empruntaient cette forme pour lui reprocher le misérable et honteux usage qu'il faisait
de leurs bienfaits. Arrêté un instant sur le seuil du
sanctuaire qu'habitait sa sœur, toutes les voix de
Dieu et de son cœur crièrent à la fois dans sa conscience ; il en était temps encore, il pouvait rentrer dans la vertu, il pouvait jeter tout ce qui lui
restait d'argent aux pieds d'Adèle, lui avouer franchement ses coupables projets, lui demander enfin
secours et protection contre lui-même, et tout eût
été dit, et une nouvelle et honorable existence s'ou-
vrait pour lui. Un instant ébranlé, Frédéric resta
immobile et muet sur la porte de la chambre de
sa sœur. Cette porte était fermée, mais les légers
bruits du dedans arrivaient au-dehors ; il écouta la
douce voix de sa sœur ; la jeune et pieuse fille
priait ; elle priait comme les anges prient. Elle appelait sur tous indistinctement ici-bas la douce pitié
et la miséricorde divine. Mais obéissant tout-à-coup

à une horrible pensée, au génie du mal, plus fort
en lui que la voix de la conscience en celle de Dieu,
Frédéric irrité contre lui-même de ses hésitations
si grandes, s'échappa d'auprès de sa sœur, franchit
l'escalier, passa comme un trait la porte cochère
de l'hôtel, parcourut en insensé toutes les rues, et
hors de lui, tout en nage, bien que l'on fût alors
au mois de janvier. Il arriva chez le banquier, il se
mêla à la foule qui circulait dans les élégants salons.

Nous ne devons point retracer ici tout ce que
la fureur du jeu, à laquelle s'abandonna ce soir-
là Frédéric, souleva en lui de joies insensées, d'espérances folles et d'émotions criminelles. Il avait
appelé son maître et son dieu le hasard, et par
un de ces inexplicables et mystérieux calculs de la
Providence, le hasard l'avait traité en enfant gâté,
en protégé. Frédéric gagna des sommes considérables. Les poches de son gilet et celles de son
habit à la *française*, étaient pleines d'or et de billets de banque. Il s'était fait riche lui seul, quelle
gloire ! Il avait gagné plus de cinquante mille
francs !

Il sortit de cette maison, l'âme pleine de délirantes joies, de gigantesques espérances. Il se flatta de pouvoir toujours maîtriser la fortune, et plus que par le passé, il se persuada que l'homme n'est jamais si faible, si petit et si lâche, qu'alors qu'il obéit à la voix de la raison, de la justice et du devoir.

Hélas ! l'ignorant Frédéric ne savait pas que Dieu ne châtie pas plus sûrement les hommes, qu'alors qu'il les précipite du haut en bas, du superbe édifice où se sont facilement placés les impies et les orgueilleux.

Une fortune qui n'est pas achetée par de longs et durs sacrifices, ou par un honorable travail, peut être comparée, par sa fragilité, a ces châteaux de cartes que font les enfants. Ils s'élèvent jusqu'à une hauteur prodigieuse, quand tout-à-coup le moindre choc, le moindre souffle fait tomber pièce à pièce tout ce magnifique échafaudage qui manque de solides bases.

CHAPITRE VII.

Le grand monde ; le jeu ; Frédéric n'a plus d'amis.

Frédéric donc était au comble du bonheur. Il pouvait à son tour (ainsi qu'il l'avait remarqué chez quelques hommes riches), jeter un regard dédaigneusement orgueilleux sur la classe souffrante de la société. Il se redressait dans ses magnifiques habits avec la curieuse majesté du paon, qui se mire et étale ses plumes au soleil; et parce qu'il avait de grosses sommes qu'il avait honteusement gagnées, il s'imagina valoir quelque chose et avoir le droit d'exiger tous les égards et les basses adulations dont il avait lui-même, avant son élévation dégradante, flatté l'orgueil des grands. Cependant, au sein de sa superficielle félicité, il faisait de tristes retours sur lui-même. Il avait au fond de son cœur comme un insecte rongeur qui flétrissait toutes ses joies, dans le tourbillon du monde où il allait demander des plaisirs. Souvent l'image vénérable de son père lui apparut sévère et menaçante; d'autres fois, c'était le visage plein de mélancolie d'Adrien, qui s'interposait entre les folles joies du monde et lui; plus souvent encore, c'était la douce et touchante voix d'Adèle, dont il saisissait les tendres accents. Cette voix lui reprochait tendrement d'avoir méprisé ses avis et renoncé pour toujours aux douces satisfactions que procure la famille. Mais alors, quand son imagination se préoccupait de ce qu'il nommait de fantastiques images, Frédéric secouait aussitôt la tête, comme pour débarrasser sa pensée d'un fardeau importun, et il se glissait parmi un groupe de rieurs et de jeunes fous; c'était alors lui qui, pour s'étourdir complètement, débitait les plus grandes folies, en faisant retentir le salon de ses bruyants éclats de rire. La passion du jeu, qui s'était éveillée chez Frédéric, semblait le seul élément qui soutenait alors cette mauvaise nature. Tous ses méchants instincts s'étaient fondus dans le vice nouveau. Dès-

9

lors, ce ne fut plus une simple passion, ce devint
une espèce de rage, de frénésie. Frédéric ne vivait
pas pendant le jour; il souffrait; son humeur était
devenue acariâtre et revêche; les heures avaient
pour lui la durée éternelle d'un siècle; il n'aspirait plus qu'au moment où auprès d'un tapis vert
il lui serait permis de sentir et de vivre.

Et il gagnait toujours.........

Et il était parvenu à réaliser une grande fortune,
unique objet de ses préoccupations, de ses ambitieux désirs.

Cependant un bonheur aussi constant dans le
jeu étonna bien des gens. Frédéric souleva contre
lui des inimitiés cruelles, des haines profondes,
des jalousies mortelles. On vint à se demander
tout bas, et puis tout haut, si ce nouvel initié aux
secrets du jeu avait bien légitimement gagné tant
d'argent. On l'entoura de honteux et humiliants
soupçons; en un mot on suspecta sa bonne foi, et
on éleva des doutes sur son honneur et sur sa probité, et il s'en fallait de peu qu'on ne lui jetât à

la face les épithètes honteuses d'*escroc* et de *voleur*.
Cependant, émerveillé lui-même de tant de pros-
périté, il se posait dans le monde en personnage
important, et tandis que ses ennemis fouillaient
avec soin dans son passé, afin d'y trouver quelque
chose de répréhensible, qui donnerait une couleur
de vérité à leurs suppositions outrageantes, tandis
qu'ils s'accusaient tous d'avoir trop facilement ouvert leurs salons à ce singulier paria, qui tout-à-
coup s'était grandi à la hauteur de leur taille,
Frédéric, sans se douter de ce qui se passait,
continuait à chercher dans le jeu des émotions nouvelles et une plus grande fortune encore.

Un soir qu'il arriva un peu tard dans une réunion
brillante, il fut frappé d'étonnement en ne recevant
qu'un accueil froid et glacial du maître de la maison. Dès-lors, tous les invités, se basant sur la
réception équivoque qui venait d'être faite au nouveau venu, se tenaient vis-à-vis de lui sur la plus
grande réserve. Tous les visages étaient froidement
sévères; on eût dit de Frédéric, un criminel devant ses juges; il se sentit prêt à étouffer; il suf-

foquait dans cette atmosphère glaciale , il descendit
au fond de sa conscience, et n'y trouvant rien , ni
dans ses sentiments, ni dans ses actions , qui pût
autoriser un pareil mépris et un tel oubli de con-
venance , il se tranquillisa un peu en songeant qu'il
pouvait bien s'abuser. Il ne tarda pas à quitter ce
salon , et il se glissa furtivement dans un autre ,
espérant que dans le monde des joueurs on l'ac-
cueillerait avec plus de bienveillance , de politesse
et de fraternité. Les tables étaient déjà entourées
de ces hommes , hélas ! qui , par passion ou désœu-
vrement et ennui , compromettent dans un coupable plaisir leur réputation , leur fortune et celle
de leur famille.

Ces tables étaient surchargées d'or et d'argent ,
et la voix rauque des joueurs ne se faisait entendre
qu'à de longs intervalles. Un silence de mort régnait dans cette chambre ; un nombre considérable
d'hommes et de jeunes gens suivaient du regard
et de la pensée le jeu des deux adversaires ; ils
assistaient ainsi à un duel moral qui s'opérait au
milieu d'une nombreuse compagnie , et c'était vrai-

ment pitié que de voir tout ce monde-là, béant, curieux, suivre avec tant d'intérêt les efforts, les affreuses luttes de deux hommes qui s'étudient à se surprendre, de deux hommes qui cherchent sans honte à se dépouiller mutuellement. Frédéric resta debout auprès des curieux ; lui aussi s'associa par la pensée aux chances bonnes ou mauvaises des deux joueurs, et attendit patiemment son tour.

Mais quand ceux-ci se levèrent pour céder leur place à d'autres, Frédéric, d'un bond, se trouva placé en face d'un homme qui, après l'avoir regardé, réfléchit, hésita visiblement à toucher les cartes, puis les jeta avec impatience sur le tapis vert, se leva précipitamment, et s'écria :

« Je ne jouerai pas avec vous ! »

Attéré, humilié jusque dans les profondeurs de son âme, Frédéric n'eut point la force de parler ; son visage s'enveloppa d'une pâleur livide, et il resta seul un instant cloué à la table, tandis que des groupes se formaient dans l'appartement. On

chuchotait, on murmurait, et des paroles accusatrices et flétrissantes parvenaient jusqu'aux oreilles du malheureux Frédéric. Hors de lui-même,
inondé de sueur, et le front couvert du rouge de
l'humiliation et de la honte, il se leva et se dis-
posait à fuir cette scène comme un acteur impi-
toyablement sifflé et hué, lorsqu'il se sentit soudain
arrêté par l'un de ses anciens camarades de collége.

Léon (c'était le nom de ce jeune homme) se
plaça devant lui pour lui barrer le passage; il
croisa ses bras et lui dit d'un ton plaisamment
méchant et ironique :

« Grand Frédéric ! c'en est donc fait de ton
bonheur et de toi. »

Dans l'état de trouble et de honte où était Frédéric, cette voix amie lui fut comme un baume
étendu sur les saignantes blessures de son amour-
propre. Sans démêler l'air narquois et méchant de
celui qui lui adressait la parole, il l'accueillit comme
un appui et un protecteur qui le défendrait pen-

dant le trajet qu'il devait faire au milieu de la foule, avant que d'être hors de cette fatale maison.

« Viens, suis-moi, mon cher Léon, lui dit Frédéric, il faut que tu me dises le mot de toutes les énigmes. »

Et les deux jeunes gens, qui avaient entrelacé leurs bras traversèrent tous les salons, où des rires moqueurs et un silence plus insultant encore accompagnèrent Frédéric sur son passage.

Ils se trouvèrent enfin dans la rue. Il était plus de minuit ; Paris était presque désert, les pâles réverbères, dans lesquels s'éteignait lentement le gaz, ne jetaient plus que des lueurs incertaines sur les passants attardés. Les deux jeunes gens marchèrent en silence pendant quelques minutes.

« Oh ! quelle soirée, mon Dieu ! dit enfin Frédéric ; tant de honte et tant d'humiliations attachées sur le front d'un seul homme ! j'entends encore leur rire insultant, je vois encore d'ici tous ces visages empreints d'une cruelle raillerie ; et la

voix de cet homme, oh ! qu'elle m'a fait de mal,
comme elle m'a traversé le cœur pour le briser !

» *Je ne jouerai pas avec vous !* a t-il dit, et
comme si l'on eût attendu ce signal, tous se sont
levés de la table pour me fuir, comme si j'eusse
été un misérable lépreux, et je suis resté seul, saisissant à travers leurs injurieux murmures d'affreuses paroles. Oh ! pourquoi tant d'insultes, pourquoi tant de mépris ?

» — Quoi, répliqua Léon, tu es naïf au point
de n'avoir pas compris encore ce qui a donné lieu
à ta fausse situation vis-à-vis du monde ? Mais, mon
cher, si tu as jamais envié la célébrité (et je sais
que tu avais la prétention de devenir célèbre), eh
bien ! tu as atteint, tu as même dépassé ton but.
Sois donc heureux, car depuis plus de six mois
tu es le sujet de toutes les conversations ; tous les
salons retentissent de ton nom, tu es l'objet de tous
les entretiens. Des cabales étaient montées contre
toi, on espérait que tu t'éloignerais de la société,
sans qu'il fût besoin de te le signifier autrement
que par une méprisante froideur ?

» — Qu'entends-je? s'écria Frédéric ; mais la cause, dis-moi donc la cause, qui m'a fait perdre tout-à-coup les faveurs du grand monde?

» — Es-tu lourd de conception, reprit avec impatience Léon ; c'est parce que tu joues, et que tu gagnes constamment. »

Et Frédéric poussa un long éclat de rire.

« Ah ! c'est parce que je suis heureux au jeu, et pourquoi donc l'opinion du monde serait-elle plus sévère pour moi que pour d'autres? Ne voyons-nous pas jouer des hommes riches et des jeunes gens qui n'ont d'autre fortune que leur gain au jeu? leur fait-on subir un pareil affront que celui qui m'a été fait ce soir?

» — Eh ! qui t'assure, interrompit vivement Léon, que ceux dont tu parles ne soient point flétris autant que toi par l'opinion publique? Il est des choses qu'on ne peut comprendre, et l'extrême bonheur qui te poursuit est de ce nombre. Fais ce que tu veux, tu ne parviendras à désabuser personne.

» Une idée consacrée par la foule renferme en elle-même quelque chose de si énergique et de si formidable ; elle porte en elle-même tant de puissance et tant de force que rien au monde ne serait capable de l'effacer, de l'annihiler. C'est de cette idée adoptée par tous, c'est de cet écho qui s'en va répétant partout la même chose sur un même individu, de cet écho retentissant, souvent menteur, mais toujours fort redoutable, que se forme ce qu'on nomme la réputation...

» Sais-tu ce que c'est, mon cher, que la réputation ? »

» — Oh ! fais-moi grâce de ta morale, Léon, s'écria avec impatience Frédéric.

» — La réputation, continua notre étrange moraliste, est une chose plus grave et plus sérieuse que ne veulent se le persuader de jeunes écervelés comme toi. La réputation, c'est la vie morale ; ôtez-la à un homme de cœur, et vous le verrez aussitôt tomber et se flétrir comme l'herbe des

champs tombe et se flétrit sous la faux destruc-
trice. Or, puisqu'il est reconnu que le jugement
du monde influe sur notre destinée terrestre, il
nous importe de ne lui fournir aucun sujet de nous
blâmer, de ne point nous jeter comme une pâture
à sa malignité toujours en éveil. La société, vois-
tu, est une marâtre sévère ; une fois qu'elle a banni
un de ses enfants, il n'y a plus pour cet enfant de
retour possible. Ni larmes, ni prières, ni repentir,
ne peuvent la toucher et la convaincre du retour
à la vertu du malheureux qui a démérité à ses yeux.
Chaque jour, nous avons, hélas ! de ces exemples :
qu'un homme égaré par une passion mauvaise
commette une faute, qu'il soit repris par les lois,
jeté dans un bagne pour y subir un temps plus
ou moins long, d'une pénitence bien juste, eh
bien ! qu'au sein de son affliction et de son abaissement, cet homme se relève et se purifie par son
repentir et par ses larmes, qu'il revienne dans la
société avec les plus nobles sentiments au cœur,
avec l'amour du bien et de la vertu, qu'il veuille
fermement marcher dans une nouvelle voie, qu'il
demande seulement à la société un peu d'oubli du

passé, un peu de confiance pour l'avenir, eh bien !
rien de cela ne lui sera accordé. Partout à son
approche on fuira, on lui jettera implacablement
à la face ce qu'il a été, on ne croira pas à ses
regrets, à ses salutaires remords, on lui fermera
toutes les portes, on lui barrera toutes les voies.
Ainsi ce malheureux, qui eût pu recommencer une
carrière honorable, si on l'eût encouragé et protégé,
se verra de nouveau rejeté dans la misère et le
vice, s'il ne succombe à d'intolérables souffrances.

» Voilà la société, mon cher, continua Léon;
son tribunal est plus impitoyable que celui de Dieu,
car Dieu, toujours bon, toujours miséricordieux,
se laisse fléchir par le repentir, par une larme
sincère, tandis que la société, une fois qu'elle a
prononcé sa sentence, c'est fini, il n'y a plus d'appel à espérer.

» Tu t'es présenté pauvre et ambitieux dans la
société, tu voulais t'y faire une large place; personne ne pouvait à coup sûr te blâmer de ce désir,
il est assez ordinaire à tous les jeunes hommes;

mais il fallait pour arriver à ce but souhaité
prendre une bonne route, et malheureusement tu
as choisi la plus mauvaise.

» — Comment cela ?

» — Oui, car dès ton début, tu as voulu marcher de pair avec ceux-là qui ont acheté leur brillante position par l'exercice de grandes vertus ou
par de longs travaux ; tu ne ménageais aucune susceptibilité, tu te posais toi, pauvre ignorant des
choses et des hommes, comme si tu eusses eu
déjà une longue expérience ; tu t'étais placé ima-
ginairement sur un gigantesque piédestal d'où tu
prétendais dominer la foule ; tu parlais en oracle ;
tu ne ménageais plus rien, ni vertu, ni vieillesse, ni rang, ni fortune, et tandis que tu t'ima-
ginais, dans ton insatiable vanité, exciter l'admiration, tu faisais seulement naître pour toi un
peu de cette triste pitié que l'on ressent pour l'aveugle méchant, qui donne des coups de bâtons sur
tous les objets qui seraient respectés par celui qui
aurait le sens si utile de la vue.

» Toi, tu ne voyais rien de tout cela, tu allais toujours, et tu te faisais autant d'ennemis qu'il y avait d'hommes recommandables dans les maisons où l'on voulait bien t'accueillir. Puis, tu t'es mis à jouer avec un acharnement sans égal ; tu t'es rangé dans le nombre de ceux qui sont assez malheureux pour ne plus se soucier de leur réputation et de leur honneur, qui ont dit un éternel adieu à tous les sentiments honnêtes, et tu t'étonnes encore du mépris que l'on fait de toi. Tout ce qui t'arrive, mon cher, n'est que la triste conséquence de ta conduite. Tout cela est justice, vois-tu ; quand on ne sème que du mauvais grain, on doit s'attendre à une moisson détestable, et pour terminer, je te dirai que tu es à jamais banni des sociétés où nous, tes amis de collège, avons eu le tort de te conduire ; et je me fais en ce moment l'écho de nos salons, pour te répéter qu'on ne veut plus de toi. Ne t'expose donc pas à de nouvelles et plus grandes insultes, qu'on est tout disposé à te faire, et loin de m'en vouloir de te parler aussi franchement, remercie-moi au contraire ; bénis-moi de t'avoir dit toute la vérité.» Et, en terminant par un rire ironique, Léon s'éloigna de Frédéric avant que celui-ci eût trouvé dans son mortel dépit quelque chose à répondre à une aussi étrange ouverture.

CHAPITRE VIII.

Adrien chez Adèle ; désespoir impie ; retour à la vertu.

FRÉDÉRIC eut besoin de quelques mois avant de
pouvoir sortir du profond abattement dans lequel
l'avait jeté la certitude qu'il était repoussé avec
mépris d'un monde, dont il avait cru s'être à jamais
capté les bonnes grâces, les faveurs et l'admiration.
Il garda la chambre pendant quelques semaines.
Adèle le croyant affligé ou malade, l'avait tendrement interrogé ; mais à toutes les bienveillantes et
douces questions de sa sœur, Frédéric répondait
durement : « Laisse-moi, je n'ai aucun chagrin,
il ne me faut que de la solitude et du silence. »
Et la pauvre jeune fille s'en allait dans son atelier,
le cœur gros de douleur, et ne sachant à quoi
attribuer la réclusion à laquelle Frédéric se con-

damnait. Le jeune orgueilleux n'avait plus osé se présenter chez ses anciens camarades de classe. Quand le hasard les avait réunis dans la rue, ceux-ci, en voyant Frédéric, avaient soudain détourné de lui leurs regards ; et ils s'étaient empressés de prendre le trottoir opposé à celui qu'il suivait.

« Je suis donc maudit, se disait alors le joueur avec une sorte de rage concentrée ! Voilà qu'on me fuit comme si j'étais un misérable pestiféré ! » Il triompha toutefois de ce froissement d'amour-propre, car chez Frédéric, le sentiment de l'honneur et de sa dignité personnelle, n'était pas assez développé pour que tant d'affronts, tant de mépris, pussent l'atteindre jusqu'au fond de son âme. Un incroyable orgueil le releva de cet abaissement. Ainsi les plus grandes leçons restent sans effet, quand elles sont données aux cœurs qui se sont complètement abandonnés aux passions désorganisatrices, telles que l'orgueil et l'ambition.

« Ils sont jaloux, pensa Frédéric, de ma supériorité sur eux tous, ils sont jaloux de l'argent

10

que je leur ai légalement gagné , et puisqu'ils me
ferment leur porte, j'irai sur un plus grand théâtre
pour tenter la fortune, et je deviendrai si riche
que, malgré eux, je leur en imposerai. Ils seront
obligés de courber leur front orgueilleux devant
ma grandeur, et en ce moment Frédéric contem-
plait au milieu de la rue Vivienne, sur une vaste
place, un monument à l'élégante architecture, un
monument dont la vue seule jette au cœur des ambitieux mille rêves de fortune et d'élévation, un
monument ouvert à tous les hommes d'*argent*. Là
il s'offre, aux regards des gens de bien, un spectacle
affreux et déchirant. Là chaque jour il se passe
un drame bien affligeant pour l'humanité. Des
hommes qui n'ont d'autre pensée que de s'enrichir,
le front illuminé d'une sauvage et farouche frénésie,
rugissent comme des tigres dans leurs tanières, font
entendre des cris effrayants ; ils jouent ainsi à la
hausse et à la baisse ; sur cet invisible tapis de
jeu , est incessamment compromise , la fortune de
plus d'un millier de familles. Souvent, hélas ! celui
qui pénètre dans cet enfer, en ayant d'immenses
espérances au cœur, en sort quelques heures après

ruiné, abîmé dans son désespoir, et méditant un criminel suicide. Ce fut dans ce lieu si redoutable, que l'insensé Frédéric établit de nouveaux rêves de fatuité, et osa concevoir de nouvelles espérances de gain et de fortune. L'argent gagné au jeu ne prospère dans aucune main; celui qui est assez fou pour se laisser prendre une seule fois aux amorces trompeuses du jeu, jouera jusqu'à ce que la justice de Dieu lui enlève tous les moyens d'user de sa folie; on est ordinairement puni par l'endroit où l'on a péché; en cela les saintes paroles de l'Ecriture se réalisent bien souvent dans le monde, sans qu'on y fasse aucune sérieuse attention : *Celui qui prend le glaive, périra par le glaive*, dit l'Ecriture. Combien de coupables sont pris dans leurs propres filets, mais poursuivons.

Frédéric donc sentit battre son cœur d'une indicible joie, quand la pensée de jouer sur les fonds surgit dans son cerveau, qu'une ambition désordonnée mettait toujours en délire. Il ne tarda pas à se mettre en rapport avec des agents de change; il étudiait le cours des fonds, il allait tous les jours à la bourse, et il se grandissait tellement dans son opinion qu'il pensait être déjà à la hauteur de Rothschild. Cependant il arriva ce qui devait arriver ; un mois s'était à peine écoulé depuis qu'il jouait, et sa petite fortune s'était déjà réduite à peu de chose, lorsqu'un jour son agent de change lui dit que toutes les valeurs qu'il avait en portefeuille ne valaient pas un denier.

Et l'homme d'affaires jeta sur le parquet, comme s'il se fût agi d'un inutile chiffon de papier, le restant de l'avoir de Frédéric, qui avait été converti en actions sur diverses branches d'industries, qui ne devaient plus compter sur la moindre extension.

« Mais je suis ruiné, dit Frédéric avec désespoir, je suis ruiné !... »

Et l'homme d'affaires, au cœur d'acier, habitué à de tels revers de fortune, répondit avec calme à Frédéric :

« Eh ! jeune homme, un spéculateur, un joueur,

à quelque jeu que ce soit, doit se durcir contre toutes les chances du hasard ; un joueur a presque toujours un pied dans un abîme sans fond ; or, quand il s'expose à périr, il doit avoir au moins le courage d'accepter la position qu'il s'est faite. »

Et l'homme au cœur impitoyable tourna le dos à Frédéric, qui, ainsi réduit à l'indigence, n'était pas même un homme à ses yeux, tant il est vrai que le contact journalier de l'homme avec l'argent peut détruire dans le cœur tout sentiment d'humanité.

« Allons, se dit Frédéric dans son morne désespoir, je touche à la fatale péripétie du drame de ma vie ; il a raison cet homme, il faut avoir le courage d'accepter la position qu'on s'est faite soi-même. »

Et l'insensé, le malheureux Frédéric, la tête perdue, courut chez un armurier ; il acheta un pistolet, puis il rentra machinalement chez lui.

Et au même instant où Frédéric recueillait ainsi

les fruits amers de sa lâche inconduite et de son impiété, Adèle et Adrien venaient d'être réunis. Le jeune homme qui venait de s'élancer dans la chambre était revêtu de la robe noire des prêtres ; un air de noblesse et de dignité était répandu sur toute sa personne, et la douce tristesse, toujours empreinte dans sa physionomie, prêtait au son de sa voix, à son sourire et à son langage, on ne sait quel rayonnement céleste.

« Vous voilà donc réuni à moi, disait Adèle, oh ! combien je suis heureuse, quelle douce surprise vous m'avez faite ; ô mon bon frère, vous appartenez donc pour toujours à l'Eglise ?

» — Oui, ma sœur, j'appartiens à Dieu et à sa sainte Eglise, répondit le jeune ecclésiastique, en levant les yeux au ciel. Voyez combien Dieu s'est visiblement montré mon protecteur, dit Adrien, après un instant de silence ; il m'appelle dans les lieux qui me sont les plus chers ; je suis appelé à exercer le saint ministère dans un village de Provence.

» Vous me suivrez, Adèle, dans cette belle contrée où nous sommes nés, où reposent les cendres de notre mère ; vous m'aiderez dans les œuvres de charité. C'est vous que je chargerai de découvrir et de soulager les misères et les douleurs. Vous suivrez, ma sœur, les sublimes et charitables inspirations de votre cœur. Unis d'intentions, nous travaillerons à accomplir sur la terre une sainte mission de charité envers nos semblables, envers les malheureux. Il est vrai, ma sœur, qu'on s'entretiendra peu de nous, nous n'aurons pas jeté notre nom à la postérité, nous n'aurons rien demandé aux hommes de ce qu'ils envient ; ni honneur, ni gloire ; notre nom ne sera jamais inscrit dans les annales historiques, ni gravé sur des tables de marbre et d'airain, mais s'ils sont inscrits sur le livre de la vie éternelle, pouvons-nous former d'autre désir ?

» Mais, Adèle, vous ne répondez pas, continua Adrien après un court silence, vous ne répondez pas, vous détournez vos regards des miens, je vois des larmes mouiller vos paupières, vous n'êtes pas heureuse, ma sœur! Vous m'avez donc trompé quand vous m'écriviez que seul je vous manquais pour compléter votre félicité; me voici, et vous pleurez.

» Que se passe-t-il donc en vous? que se passe-t-il donc ici? Ce luxe qui m'entoure, la richesse et l'élégance qui présidèrent à cet ameublement, ne seraient-elles autre chose qu'un mensonge qui voilerait une vérité désolante? ou bien, ces richesses seraient-elles entrées dans cette maison avec le déshonneur et la honte? Oh! parlez, ma sœur, ne laissez pas mon esprit s'égarer au-delà du possible, pourquoi donc Frédéric n'est-il pas ici? quelles sont ses occupations? aurait-il manqué envers vous, chère sœur, d'égards et d'attachement? s'il en était malheureusement ainsi, ma sœur, eh bien,... nous lui pardonnerions en le quittant pour toujours! Est-ce aux riches et aux heureux d'accabler de haine le pauvre? c'est vous et moi, Adèle, qui serons les heureux et les riches, car nous n'avons au cœur aucun ambitieux désir. C'est lui, c'est Frédéric qui, au milieu de ses tentures dorées, de ses tapis d'Aubusson et des Gobelins, oui c'est lui qui est le pauvre. »

Et pendant qu'Adrien parlait ainsi avec son cœur, Adèle répandait des larmes ; et quand le jeune prêtre eut fini, Adèle pénétrée de la douleur la plus profonde, commençait, au milieu des sanglots, une pénible confidence, quand soudain la porte de l'atelier de la jeune fleuriste, poussée par la servante, s'ouvrit avec fracas : « Monsieur, mademoiselle, s'écria la servante, oh ! venez, venez vite, venez empêcher un crime de s'accomplir ! votre frère ! M. Frédéric ! oh ! mon Dieu, pitié et miséricorde, venez, venez, j'ai vu des apprêts de mort !... un pistolet est sur sa table..... » Et Adrien et Adèle éperdus, frémissant sous les mêmes craintes et les mêmes douleurs, se précipitèrent dans la chambre de Frédéric.

Hélas ! l'insensé, l'impie, avait déjà saisi le pistolet ; il allait en lâcher la détente, quand Adrien et Adèle, poussant un cri d'effroi et d'indignation,

arrêtèrent la main homicide, prête à commettre un
crime, un crime qui ne trouve pas de grâce devant Dieu.

« Ta vie n'est pas à toi !... » s'écria Adrien en
arrachant des mains de Frédéric l'arme meurtrière.
Et un silence solennel se fit entre les deux frères
et la sœur.

Et le coupable, dont les traits étaient décom-
posés, l'œil hagard, et la bouche contractée, se
jeta dans un fauteuil, et couvrit son visage de ses
deux mains, qui tremblaient convulsivement.

Et Adrien rompit ce silence : « Mon frère, s'écria-
t-il, parle-nous, dis-nous qui a pu te pousser à
cet affreux suicide ? dis-nous la cause de ce désespoir insensé et impie.

» — Laisse-moi, murmura Frédéric.

» — Non, vois-tu, s'écria le jeune ecclésiastique, non, nous ne te laisserons pas, je m'attacherai à toi comme un ami à son ami, comme un
père à son enfant, je m'attacherai à toi comme une

ombre protectrice. Je veux te sauver de toi-même,
je veux te réconcilier avec la vie, avec les hommes
et avec Dieu.

» Oh ! merci mon Dieu, vous qui m'avez guidé
dans cette maison au moment où j'y étais si utile ;
oh ! je ne pouvais mieux commencer la tâche que
m'impose mon saint ministère, qu'en l'essayant
auprès de mon frère. Vois, je suis prêtre, Frédéric, je n'en ai pas seulement la robe, j'ai aussi
le cœur du prêtre : puissé-je avoir les vertus des
véritables apôtres du Seigneur ! Oui, mon Dieu,
continua Adrien les larmes aux yeux et dans un
saint enthousiasme ; oui, mon Dieu, merci à vous
qui m'avez conduit vers mon frère égaré et malheureux. Oh ! prêtez, s'il vous plaît, force et puissance à mon cœur ; prêtez à mon langage douceur
et persuasion, afin que mes paroles arrivent à cette
âme ulcérée, comme un baume vivifiant et efficace.

» Prenez ma vie, ô mon Dieu, continua le jeune
prêtre, retirez-moi de ce monde, si je dois laisser
ce pauvre cœur sans espérance et sans consolation.

Oui, ma vie, je vous l'offre comme un pieux ho-
locauste, pour qu'il soit rendu à la lumière, à la
vérité, au bonheur !.... »

Et Adrien, qui versait d'abondantes larmes, leva
ses yeux vers le ciel, croisa ses bras sur sa poitrine, et demeura un instant silencieux ; il continua bientôt :

« Eh quoi ? parce que quelques espoirs folle-
ment conçus venaient de faire place aux réalités
décevantes de la terre, tu voulais mourir ! parce
que la vie te paraissait trop aride et trop sèche,
tu voulais mourir ! Ah ! tu voulais mourir parce
que, pauvre créature que tu es, tu pensais trouver
le sommeil, l'oubli, le néant, au bout de la vie.
Erreur fatale, qui est entrée dans ton esprit avec
le désolant scepticisme qui travaille le siècle ! scepticisme qui est poussé dans le cœur de la jeunesse,
par les vents orageux des passions. Insensé, tu
croyais trouver l'oubli et le néant dans la tombe,
tu croyais que ton âme immortelle périrait avec
toi !.....

» Malheureux, tu n'as donc jamais réfléchi, tu
s donc traversé la vie en ignorant, en aveugle,
u ne t'es donc jamais préoccupé de l'éternité ! ah !
u as cru que Dieu, qui a créé l'univers, qui de
ien, a fait un tout aussi sublime, que Dieu, qui
a présidé à l'organisation du monde physique et
moral, que Dieu si puissant enfin aurait laissé son
travail inachevé, incomplet, en ne faisant pas à
l'homme une large part d'avenir. Alors, pourquoi
donc lui aurait-il départi tant d'intelligence, pourquoi lui aurait-il accordé tant de nobles facultés,
si tout cela ne devait être que grossière matière,
et si l'homme, ainsi que l'animal, devait tourner
dans un cercle aussi restreint que celui que nous
offre la vie de ce monde.. Oh ! non, vois-tu, Frédéric, nous sentons tous que nous sommes appelés
à de plus hautes destinées que celle de vivre un
jour sur la terre ; le ciel nous appartient. Oh !
malheur à celui qui, assistant au lever ou au coucher du soleil, au milieu d'une nature splendide,
ou bien au terrible et imposant spectacle d'une
tempête soulevée dans les airs ; oh ! malheur à
celui-là qui n'aurait pas senti en soi quelque chose

sans nom, quelque chose d'instinctif, de surnaturel et de saint, qui criait au fond de son âme,
comme un sublime écho de Dieu : « Il y a un Dieu,
il y a un Dieu, et mon âme est immortelle ! »

« Hélas ! quand tant de biens nous sont promis
là haut, et que le bonheur le plus vrai et le plus
solide est la conséquence de l'amour de Dieu et
de la vertu. Pourquoi, faibles humains que nous
sommes, dévions-nous toujours du sentier qui
mène au bonheur ? pourquoi permettons-nous à nos
détestables passions de nous gouverner ? Hélas !
Frédéric, c'est ton impiété qui a causé ta ruine
et ton découragement, interroge-toi, et tu sen-
tiras qu'avec un peu de volonté, tu aurais pu
être heureux ici-bas ; c'est ton orgueil, ta vanité,
qui t'ont perdu ; tu t'étais livré au monde ; qu'a-t-il
fait pour toi le monde, que t'a-t-il rendu pour
l'amour que tu lui portais ? rien de si ingrat que
le monde, vois-tu ; rien de si chanceux et de si
variable que ses pitoyables faveurs. Qu'a-t-il fait
de toi, le monde, après avoir flatté tous tes mauvais instincts, toutes tes passions, il t'a renvoyé

flétri, désespéré, perdu! Après t'avoir convié à toutes ses joies, à toutes ses fêtes, il t'a renvoyé, infortuné qui te laissais prendre à tous ces semblants, il t'a renvoyé avec le regret au cœur et la honte au front, sous mille formes enchanteresses, il t'a montré le bonheur; puis, de déceptions en déceptions, de souffrances en souffrances, il t'a fait vider jusqu'à la lie la coupe de la déception et presque de l'ignominie; un instant, tu te crus peut-être arrivée à l'apogée de la gloire, de la fortune et du bonheur, tu te riais déjà dans ton orgueil d'homme sceptique, de tout ce qu'il y a de choses sacrées et saintes dans la vie, tu avais commencé une existence toute de triomphe et de joies, et voilà que tout-à-coup tu es précipité du haut de toutes tes espérances menteuses sur le rocher aride des mécomptes et des désillusions. Partant d'un mauvais principe, on doit atteindre un pareil but; il t'est arrivé, mon frère, ce qui arrivera toujours à ceux-là qui s'engagent témérairement dans une voie périlleuse, pauvre roi d'un jour, qu'as-tu fait de ta couronne de fêtes, de ton sceptre orgueilleux, te voilà tombé dans la pauvreté, dans la

honte, et du sein de ta faiblesse, une pensée cri-
minelle a surgi dans ton cerveau malade, tu as
voulu terminer par une lâcheté une vie si mal em-
ployée : tu as travaillé jusqu'ici toi seul à ton malheur, et tu voulais être encore l'instrument de ta
destruction ; et tu n'as pas craint, ainsi souillé, im-
pénitent, et non réhabilité encore aux yeux de
Dieu, et tu n'as pas craint de t'offrir ainsi devant
ton souverain juge. Qu'as-tu fait, insensé, te di-
rait-il sévèrement ; qu'as-tu fait des forces que je
t'avais données ? Tu n'as pas travaillé à ton salut ;
qu'as-tu fait de ton intelligence, tu n'as rien compris de ce qui émane de moi, tu l'as usée en l'ap-
pliquant au mensonge et à l'erreur. Qu'as-tu fait de
ton cœur ? tu ne m'as pas aimé, tu n'as aimé personne, tu ne t'es pas aimé toi-même ; tu n'as eu
aucun saint dévouement ; tu as vécu pour le monde,
pour les plaisirs et les passions : tu as gaspillé,
comme un abominable prodigue, tous les trésors
d'amour que je dépose dans le cœur de tous les
hommes ; tes plus nobles facultés se sont éteintes
une à une dans la dissipation. L'orgueil et l'ambition
ont effacé de ton front le nom d'homme, tes pas-

sions désordonnées, comme le vent du désert, ont refroidi et flétri dans ton âme tout noble et chaleureux sentiment d'humanité. Tu avais un père, et tu l'as laissé passer sur la terre, et tu l'as privé de caresses, de reconnaissance et de consolation : tu avais des frères qui t'aimaient, et tu as séparé ton cœur de leur cœur ; tu n'as pas payé leur confiance par ta confiance, leur tendresse par ta tendresse ; et enfin, croyant n'avoir plus rien à faire ici-bas, sans regret sur le passé, sans espérance pour l'avenir, t'effrayant de ta nullité, tu as voulu quitter la terre, le monde, où tu pouvais, en te repentant, te purifier, te laver de tes iniquités et de tes fautes, ô malheureux ! Voilà, poursuivit Adrien, ce que te dirait ton juge suprême, et voilà ce que je te dis, moi qu'il a daigné admettre au nombre de ses ministres.

» — Ah ! c'en est trop, s'écria Frédéric en se prosternant devant Adrien et Adèle, qui le relevèrent et le pressèrent dans leurs bras ; ah ! c'en est trop, âmes nobles et sublimes, vous triomphez de moi, vous avez sur moi l'avantage de la vertu sur le vice.

Oh ! j'étais en effet un bien misérable insensé de préférer les joies éphémères de la vanité et de l'orgueil aux solides et durables jouissances du cœur, j'étais un pauvre insensé que Dieu a frappé de sa verge invisible. Oui, tu as mille fois raison, Adrien, tout cela devait être, et cela a été, c'est la justice suprême de Dieu qui a eu son cours. Il a humilié mon orgueil, il a châtié ma faiblesse et ma lâcheté. Oh ! oui, tout cela est justice, Adrien ; Adèle, vous triomphez, je suis un ignorant enfant, un aveugle, qui a besoin de secours, de guide, d'appui, je suis un criminel qui implore votre miséricordieuse pitié, je veux fuir Paris, le monde, je veux m'ensevelir dans une profonde retraite, je veux fuir tous les hommes qui m'ont trompé, je veux me purifier par la prière et la pénitence, je veux pour toujours renoncer à un monde, qui a été pour moi si funeste.

Et Adrien sourit tristement, il secoua la tête.

« Frère, répondit-il, tu n'as pas au cœur le profond détachement des biens de la terre, tu n'as

pas en toi encore les sentiments qui doivent te
guider dans une vie nouvelle. Ne forme pas, en
ce moment, des projets d'avenir. Ne t'occupe pas
d'autre chose que de te repentir et de devenir
meilleur. Reste avec ta sœur, Frédéric, reste parmi
les hommes, dévoue-toi à tous ceux qui souffrent,
console ceux qui pleurent, demeure parmi les
hommes pour les servir et pour les aimer, pratique avec sincérité les vertus chrétiennes, et tu
seras réhabilité auprès de Dieu. Hélas! tant qu'il
reste à l'homme du bien à faire, sa tâche est in-
achevée, et il doit marcher jusqu'à ce que Dieu
le réclame. »

Et à quelques jours de là, Adrien, Adèle et Frédéric disaient adieu à Paris et prenaient la route
de la Provence. Et quinze années après cette époque, Frédéric qui s'était dévoué à l'éducation des
enfants du village dont Adrien était le pasteur aimé,
quinze années après cette époque, on l'entendait
dire à ses jeunes élèves :

« Pour être heureux, mes enfants, il faut aimer

et servir Dieu, il faut chasser de votre cœur toute ambition désordonnée, tout orgueil, et surtout l'amour de l'argent. »

Puis, saisissant avec respect la main d'Adrien, qui assistait presque toujours aux leçons qu'il donnait :

« Frère, dit Frédéric en essuyant quelques douces larmes, je te dois le bonheur dont je jouis. »

MAURICE,

OU LES LEÇONS DU MALHEUR.

CHAPITRE PREMIER.

Visite au hameau ; l'incendie ; Maurice.

Dans une des parties de la France que la Loire
traverse et fertilise, il se trouve un tout petit hameau situé non loin de ce magnifique fleuve ; bâti
au pied d'une verte colline, ce village semble avoir
été jeté là comme pour fixer l'attention des voyageurs. En effet, il offre à l'imagination la moins
poétique le tableau le plus pittoresque et le plus

gracieux. D'un côté la vue s'étend sans trouver de
limites, sur de vastes plaines de blé, et de l'autre
elle s'égare sur de charmantes collines peu élevées,
où l'on voit, au travers d'arbres gigantesques, poin-
dre çà et là des châteaux antiques, que la truelle
de nos jours semble avoir respectés, tant ils ont
encore tout leur ancien aspect féodal.

Déserts, pendant une grande partie de l'année,
ces châteaux à ponts-levis et à tourelles, sont
peuplés pendant la saison de la chasse par des
hommes que les chances avantageuses de l'industrie
et du commerce ont placés à la tête d'une fortune
considérable. On n'entend plus comme autrefois
retentir les sombres forêts des aboiements de la
meute, du cri des fauconniers, ni du son du cor;
on n'entend plus le halali victorieux annonçant aux
chasseurs épars dans la forêt que le cerf est aux
abois, et qu'il faut précipiter leur course pour voir
expirer la noble bête. Non, ce temps est bien loin
de nous; les habitants de ces vastes châteaux ab-
sorbés, pendant la plus grande partie de l'année,
dans les spéculations et les affaires, abandonnent

les grandes villes vers la fin de la belle saison, pour
se livrer, pendant quelques mois, aux distractions
de la chasse, ou goûter le charme du recueillement et de la solitude.

M. Belcour, riche banquier de Paris, était devenu le propriétaire de l'un de ces vieux manoirs.
C'était toujours avec un sentiment de joie bien vif,
qu'il se dérobait aux tracas du négoce, au bruit
incessant de la capitale, pour respirer pendant deux
mois environ l'air libre et pur des champs.

Resté veuf après trois années de mariage, il
n'avait eu qu'un fils de son union, trop tôt rompue
ici-bas. Georges, sensible et respectueux envers
l'auteur de ses jours, ne comprenait d'autre bonheur que celui qui résulte de l'accomplissement
des devoirs imposés aux enfants envers leur père.

M. Belcour avait élevé Georges dans des principes religieux, seules bases de la véritable morale,
et l'enfant avait largement profité de cette sage
éducation que lui avait donnée son père.

Comme beaucoup de jeunes gens nés de parents riches, Georges n'avait pas laissé dessécher son cœur par le contact d'une fortune qu'il savait bien tenir du hasard, et qu'il ne considéra jamais comme un mérite personnel. Et parce que rien ne manquait à Georges, il ne s'imaginait pas que tout le reste des hommes dut être satisfait. Georges savait, hélas! que la grande famille de Dieu n'avait pas été également partagée; Georges savait qu'il y avait des pauvres, des malheureux de toute espèce, et souvent, au milieu d'une fête, à laquelle il assistait malgré lui, souvent sa pieuse pensée s'égarait au-dehors; elle errait dans les hospices, dans les ateliers, dans les mansardes, et son jeune front se rembrunissait; il devenait grave et sérieux, et des larmes de pitié montaient de son jeune cœur à ses paupières.

Georges comprenait déjà la vie, à l'âge où l'on ne songe guères qu'à des choses frivoles. Tel qu'il était, et tel que nous venons d'esquisser son caractère, on pense bien que Georges faisait l'orgueil, la joie et la plus douce consolation de M. Belcour.

Il ne se séparait jamais de son élève et l'amenait
à sa campagne sur les bords de la Loire.

Ainsi, après avoir pour ainsi dire montré du
doigt à son fils toutes les erreurs des hommes,
et lui avoir signalé toutes les plaies d'une société,
dont l'égoïsme personnel de chaque individu a
rompu tous les anneaux. Après avoir ainsi préparé son jeune esprit aux tendances d'un sage
progrès, M. Belcour voulait reposer ce jeune cœur
qu'il dirigeait à son gré, en le faisant assister pendant quelques mois aux merveilleux et touchants
tableaux que nous offre la nature ; soit alors qu'elle
se réveille radieuse et resplendissante, ou qu'elle
s'endorme triste, grave et sévère. Partout, en
toutes choses, l'image grandiose de Dieu se trouve
incrustée. Pour une âme pieuse et contemplative,
tout est sujet de réflexion et de saint recueillement.
L'homme ne sent jamais mieux sa faiblesse et son
impuissance, qu'alors qu'il assiste aux grandes
révolutions qui se forment dans l'air. Il ne se sent
jamais si bien disposé à l'admiration et à la reconnaissance envers le sublime Créateur du monde

physique, qu'alors que son attention se porte constamment sur tout ce que le Tout-Puissant jeta sur la
terre, afin d'assurer le bien-être et le bonheur de
l'homme. Depuis le modeste brin d'herbe jusqu'au
chêne qui lève sa tête orgueilleuse jusqu'aux nues,
depuis le hanneton jusqu'à l'éléphant superbe,
tout n'offre-t-il pas à l'homme la sublime pré-
voyance d'un Dieu plein d'amour pour lui ?

M. Belcour avait amené Georges avec lui à son
château pendant une saison de chasse. Plusieurs
de ses amis l'avaient accompagné, et Georges
eut la permission d'amener avec lui Gustave. Gustave était l'intime ami de Georges ; il existait entre
ces deux adolescents mille sympathies qui les
avaient unis par une durable amitié ; nous disons
durable, parce qu'il n'y a guères selon nous que
les affections vertueuses qui résistent au temps et
aux épreuves.

« Mon cher Georges, dit Gustave, en parlant à
son ami le lendemain du jour où ils étaient arrivés
au château, mon cher Georges, il me tarde d'aller

visiter votre vaste domaine, et surtout ce joli hameau que nous avons salué en passant hier au soir, ce joli hameau qui semble avoir roulé du sommet de la colline, pour venir se mirer dans les eaux de la Loire.

» Oh! quelle délicieuse promenade nous allons faire; viens, viens, » et Gustave entraîna Georges.

Et les deux jeunes gens, bras dessus, bras dessous, bondirent dans le chemin, comme deux chevreaux dans la prairie.

Georges avait dit à Gustave :

« Commençons notre journée par une bonne action, cela nous portera bonheur, allons au-devant de quelque grande souffrance, et portons-lui assistance et consolation; que notre arrivée dans le château soit marquée d'une œuvre charitable. Oh! faisons en sorte, Gustave, qu'il y ait au moins un malheureux qui nous bénisse; viens, viens. » Et en quelques minutes, les deux amis se trouvèrent au milieu de la place du hameau.

Des groupes de cultivateurs, de vieillards, de
femmes, d'enfants, s'étaient formés çà et là ; on
s'entretenait de l'évènement de la nuit. Or, voici
ce que Georges et Gustave entendirent : « Quoi ! disait un homme à un autre homme, quoi ! c'est
encore Maurice qui a sauvé cette pauvre femme
et ses cinq enfants ? — Oui, c'est lui, c'est Maurice, » lui fut-il répondu. Oh ! si vous aviez pu
voir ce terrible spectacle ; la mort planait déjà
au-dessus de cette malheureuse famille ; ils jetaient
tous des cris de détresse ; les poutres enflammées
de la cabane allaient s'écrouler par les ravages de
l'incendie, l'intérieur de cette petite maison offrait
l'aspect redoutable et effrayant de l'enfer.

» Nous tous, au-dehors, nous déplorions l'affreux
malheur de cette mère et de ses enfants. Nous
trouvions bien des paroles et des larmes pour cette
grande misère, nous avions des cris pour répondre
à leurs cris, du désespoir pour leur désespoir ;
mais nul de nous n'avait le courage d'exposer sa
vie pour sauver leur vie.

» Lorsque tout-à-coup Maurice nous apparaît,

non plus comme un homme vieux et brisé; on
aurait dit qu'il avait jeté loin de lui sa vieillesse et
son infirmité, pour se grandir à la hauteur de la
belle action qu'il méditait. Quelque chose de mystérieux et de surnaturel animait ses traits, un
rayonnement céleste l'environnait, il écarte la foule
pleureuse mais inactive, il se débarrasse de ceux
qui l'entourent, puis, plus prompt que la pensée,
il s'élance au milieu des flammes. Nous, hélas!
nous n'attendions rien de son courage, nous déplorions en lui ce grand amour pour l'humanité,
qui cette fois l'exposait à une mort certaine.

» Que vous dirais-je, à la honte de tous nos
jeunes gens, Maurice a sauvé cette famille.

» — Vraiment! lui seul?

» — Oh! son noble exemple avait bien remué
quelques cœurs, et tous nos jeunes gens, quand
il ne restait encore que très-peu à faire, ont ap-
porté leurs secours: on a fini par éteindre l'incendie; mais de cette maison, seule fortune de la
mère et des cinq enfants, il ne reste plus ce

matin que quelques pierres enfumées, une vraie
ruine, quoi ! »

Georges et Gustave avaient prêté la plus grande
attention à ces paroles. Leurs cœurs étaient profondément émus, et ils se firent conduire aussitôt
auprès de la pauvre affligée. Georges et Gustave
versèrent, avec la libéralité de leur âge, leurs bour-
ses pleines dans le tablier de la paysanne ruinée.

« Que vois-je, s'écria-t-elle, tant de pièces d'or
et tout cela pour moi ! » Et la pauvre femme, qui
croyait rêver peut-être, versait des larmes d'une
chaleureuse reconnaissance.

« Que Dieu étende, dit-elle, quand elle put
retrouver sa voix, que Dieu étende sa sainte bénédiction sur vous deux et sur le brave Maurice
qui m'a sauvée, lui de la mort, et vous deux de
la plus affreuse misère. Ah ! vous êtes pour moi
trois anges sauveurs ; que Dieu vous protége et vous
bénisse ! O mes enfants ! prions pour eux. »

Et la mère et les enfants se prosternèrent ! et

Georges et Gustave les laissèrent dans leurs joies
et dans leurs gratitudes, et ils revinrent sur la
place.

Un autre intérêt non moins puissant que celui
qui les avait guidés chez l'incendiée, faisait battre
leurs cœurs; ils voulaient connaître ce Maurice
dont ils entendaient proclamer le nom par tout le
hameau.

« Quel est donc ce Maurice? » dit Georges à
une femme qui, debout au milieu de la place,
avait rassemblé autour d'elle un nombre considérable de femmes et d'enfants.

Il y avait dans la physionomie de cette vieille
tant d'animation, dans ses paroles tant de volu-
bilité, que la voyant ainsi debout, la quenouille à
la hanche, et le fuseau s'agiter moins vite dans
ses doigts que sa langue ne s'agitait dans sa bouche,
on aurait pu la prendre pour type de la *commère
du village*. Georges ayant répété sa question :
mais quel est donc ce Maurice ?

La vieille répondit : « Vous ne connaissez pas
Maurice ? mon jeune monsieur, tant pis pour vous !
car voyez-vous, Maurice est l'homme le plus humain de la terre. Si quelqu'un tombe dans la
Loire, qui l'en retire ? Maurice. S'il éclate un incendie, qui l'éteint ? Maurice. S'il y a des larmes
à tarir, Maurice est là. Si quelqu'un manque de
pain, Maurice coupe le sien en deux et en donne
une part à celui qui a faim. Partout où il y a secours et consolation à porter, on est sûr d'y trouver
Maurice. Ah ! c'est un grand homme que Maurice ;
allez, il n'est pas toujours nécessaire d'être riche,
mon jeune et beau monsieur, pour être aimé et
considéré ; et pour devenir illustre, il n'est pas
toujours besoin de faire crier la grande trompette
de la renommée. Le souvenir du bienfaisant Maurice se perpétuera d'âge en âge, et son nom béni
par tout le hameau, vivra encore dans les cœurs
de nos générations futures. Voilà ce que c'est que
Maurice. »

Et la vieille, satisfaite apparemment de son discours oratoire, fit tourner son fuseau comme tour-

nent les ailes d'un moulin à vent le jour d'une tempête.

« Est-il né dans ce hameau, dit Gustave ?

» — Nul ne connaît le lieu de sa naissance, répliqua la vieille, heureuse d'être interrogée. Il y a cinq ans qu'il vit parmi nous, cinq ans que nous l'aimons et que nous le bénissons.

». — Pourriez-vous nous indiquer sa demeure, dit Georges ? »

Et la vieille, du bout de sa quenouille, montra une petite chaumière.

« La porte de cette maison est fermée, observa Gustave, ah ! sans doute que Maurice repose, et cela se conçoit après les fatigues de la nuit......

» — Repose ! ah ben oui, s'écria naïvement la vieille, est-ce qu'on dort quand on est Maurice ? Maurice veille toujours.

» — Mais où se tient-il donc pendant qu'il occupe ainsi toute la population du hameau ?

» — Je vais vous le montrer, suivez-moi ; et ayant dépassé les murs du hameau, la vieille et les deux amis se trouvèrent en pleine campagne et sur une petite éminence, d'où le regard plongeait au loin dans la vallée. Et la vieille dit aux deux jeunes amis :

« Voyez-vous, sur les bords du grand fleuve, cet homme assis sur l'herbe et protégé par l'ombrage d'un chêne ?

» — Oui, eh bien ?

» — C'est Maurice.

» — Que fait-il donc, il a l'air bien occupé ?

» — Il tresse de l'osier, il fait des paniers, dit la vieille.

» — Merci de votre complaisance, dit Georges en congédiant la femme.

» — Merci, mon beau monsieur, de votre générosité. » Elle serrait une pièce blanche dans la

poche de son tablier. La vieille retourna au hameau ; les deux jeunes amis se dirigèrent du côté
de Maurice.

CHAPITRE II.

Maurice raconte aux jeunes amis la triste histoire d'un forçat.

GEORGES et Gustave, à mesure qu'ils se rap-
prochaient du noble vieillard, éprouvaient de vives
palpitations de cœur. C'est qu'à l'âge de nos
jeunes amis, vertueux et sensibles comme ils
l'étaient tous deux, il suffisait du simple récit
d'une bonne action, pour pénétrer leur cœur d'un
saint enthousiasme, et leur inspirer pour celui
qui en est l'auteur, l'admiration la plus vive et
les plus respectueux sentiments. Georges et Gustave contemplèrent longtemps Maurice, avant que
celui-ci eût songé à lever la tête, occupé qu'il
était à tresser ses branches d'osier. Maurice ne
prêtait nullement l'oreille aux mille bruits qui
s'élèvent du sein du silence et de la solitude;

ni le bruissement des feuilles qu'agitait une brise
légère, ni le cri des insectes, ni le chant joyeux
des oiseaux, ni le grand fleuve roulant et se dé-
battant dans son lit, rien en ce moment ne semblait être capable de le détourner des profondes
préoccupations de son esprit; il était, pour ainsi
parler, retiré dans la vie intérieure. Tout en faisant
courber avec une incroyable agilité les branches
flexibles de l'osier, ses doigts semblaient obéir
plutôt au mécanisme de l'habitude, qu'à la volonté
du travailleur.

Georges et son ami n'osaient interrompre le
rêve d'un homme éveillé; ils n'osèrent l'arracher
à cette léthargie douce sans doute, où il paraissait
si profondément plongé, et ils eurent ainsi le
temps de l'observer avec soin.

Maurice paraissait avoir dépassé l'âge de soixante ans; il devait avoir été dans sa jeunesse
grand et bien fait; de longs cheveux blancs flot-
taient sur des épaules que l'âge, l'habitude du
travail, ou la souffrance peut-être, avaient hâti-

vement arrondies et courbées. Bien qu'il eût en
travaillant la tête penchée sur sa poitrine, les deux
amis remarquèrent que les lignes de son visage
avaient conservé toute la pureté de la jeunesse ;
il régnait dans toute sa personne, malgré les haillons qui la couvraient, un air de dignité et de dis-
tinction qui frappa Georges et Gustave.

« Ce n'est pas assurément là un paysan, dit
tout bas Gustave à Georges ; je gagerais que ce
Maurice est un homme riche et bienfaisant, qui se
déguise en pauvre pour mieux connaître et mieux
pouvoir soulager les véritables misères du pauvre.

» — Quelle idée ! répliqua toujours tout bas
Georges ; je ne partage pas ton opinion, c'est peut-
être un homme qui a souffert ; une grande victime
de l'injustice et de l'égoïsme des hommes, et qui
se venge noblement de l'humanité, en servant l'humanité. »

Et les deux amis auraient grandement marché
dans le vaste champ des suppositions, si tout-à-
coup Maurice n'eût levé la tête et regardé atten-

tivement à son tour les deux jeunes curieux adossés contre un arbre, occupés à le considérer.

Ils se sourirent tous trois comme de vieilles connaissances, de vieux amis qui se retrouvent à un lieu indiqué.

« Vous me regardiez travailler, mes jeunes messieurs, dit Maurice, tandis qu'un mélancolique mais bienveillant sourire glissa sur ses lèvres. Approchez-vous, vous pourrez mieux voir comment on fait des paniers. » Et de la main il leur fit signe de venir à lui.

« Votre travail nous occupait peu, dirent à la fois Georges et Gustave en s'asseyant sur l'herbe auprès du vieillard. C'était vous que nous contemplions avec respect, et nous craignions en approchant de vous arracher à quelque noble pensée, et nous aurions regardé cela comme une profanation, tant votre noble caractère et vos dévouements sublimes pour les gens du hameau nous inspirent de la vénération et du respect. »

Maurice sourit plus tristement encore.

« On est bon à votre âge , dit-il d'une voix profondément émue , oui , on est bon ; je crois à
toutes vos sympathies pour moi , et je vous en suis
obligé...... »

Il se fit un silence , après lequel Maurice reprit
comme s'il eût. continué à penser :

« Oui , ce n'est que dans le cœur des enfants
et des jeunes gens , que l'on retrouve parfois encore la bonté et la foi. Marchez encore quelque
temps dans la vie , mes enfants ; devenez hommes ,
et vous vous étonnerez du changement de vos idées,
vous ne vous reconnaîtrez plus. Vous chercherez en
vain dans votre cœur les sentiments qui vous rendaient si heureux ! Hélas ! si nous gardons tous
avec une sorte de religion le souvenir de nos premières années dans la vie ; c'est que malgré soi
on aime à revenir au moins en pensée au temps
où la vie nous était douce et bonne , au temps
où les hommes nous semblaient autant d'amis qui
nous souriaient et nous pressaient de grandir pour
leur ressembler , au temps où nous étions inno-

cents, purs, et pleins des saintes croyances de la
foi. Marchez donc encore pendant quelques années,
mes enfants, et vous aussi vous perdrez vos saintes
croyances, votre bonté et votre foi, et vous ne
croirez plus aux nobles dévouements, au repentir
sincère, à la vertu, vous douterez de tout. C'est
que vos âmes saintes et blanches comme de tendres et blanches colombes, se seront ternies et
souillées au contact du monde; c'est que votre
cœur se sera usé au frottement d'une société cruelle
et égoïste. »

Et Maurice tomba dans un profond accablement,
ses doigts laissèrent tomber l'osier, et quelques
larmes s'échappèrent de ses yeux et roulèrent lentement sur son visage pâle et amaigri.

« Pauvre Maurice ! dirent dans leurs cœurs
Georges et Gustave, il faut qu'il ait bien souffert ! »

Ils restaient tous trois silencieux et attristés,
Georges rompit le silence :

« Eh quoi ! dit de sa voix la plus douce et la

plus caressante l'adolescent, eh quoi! en venant
vers vous, n'aurions-nous fait que réveiller dans
votre souvenir quelque grande douleur ? »

Ces paroles rappelèrent Maurice à lui-même. Il
passa la main sur son front, comme pour en chasser
un nuage ; puis un furtif sourire passa sur ses
lèvres, et égaya un instant cette froide et mélancolique, mais toujours bienveillante physionomie.

« Pardon, pardon, dit-il en leur tendant la
main, j'oublie que je suis en présence d'enfants
bons et aimables, et que le vieillard, pour leur
plaire, doit devenir enfant aussi. Eh bien ! voyons
donc, causons ensemble, là, comme trois bons
amis, voulez-vous ? Allez, sous cette vieille forme
d'homme âgé, cassé sous les doubles étreintes de
la misère et du travail, sous les efforts de mille
luttes déchirantes, sous cette vieille forme d'homme
âgé enfin, il bat encore un cœur jeune et aimant.
J'aurai des sourires pour vos espérances, et vos
sourires d'enfants; j'aurai des joies pour vos folles
joies d'enfants. Contez-moi tout, et si ma vieille
expérience vous devenait utile, elle est à votre

service; seulement il ne faudra pas vous étonner quand parfois vous apercevrez des larmes dans mes yeux, si tout-à-coup au milieu d'une folie d'enfant je deviens triste et rêveur. C'est que, voyez-vous, il y a tant de choses dans la vie d'un vieillard, tant de choses capables de l'attrister; moi, par exemple, un souvenir me préoccupe sans cesse, je voudrais l'effacer de ma vie comme on efface un mot que vient de tracer une plume indiscrète; mais non, cela ne se peut faire ainsi, le souvenir indélébile doit rester dans ma pensée, comme un monument reste debout devant les siècles..... » Il se fit un nouveau silence après lequel Maurice reprit :

« Et cependant ce souvenir qui me poursuit n'a rien de commun avec ma propre destinée; c'est l'histoire d'un autre qui a laissé en moi tant de profondes impressions et tant de tristesses; c'est comme un livre attendrissant qu'on a lu au jeune âge, et dont on se souvient toujours.

» Mais, continua Maurice, je vais laisser ce souvenir dormir dans mon cœur, un instant au moins,

je vais vous écouter ; parlez-moi , dites-moi tous
les secrets de vos jeunes et saintes existences. Vous
avez un père qui vous aime , qui vous protége ,
n'est-ce pas ? Vous avez une bonne mère qui prie
soir et matin pour votre bonheur ; la vie s'ouvre
devant vos regards pleine de joies et d'espérances ;
pour vous , chaque jour qui se lève ressemble au
jour de la veille , et celui du lendemain lui ressem-
blera ; c'est là tout , n'est-ce pas ? Oui, oh ! que
vous êtes heureux enfants , vous n'avez point encore été déshérité de la part de bonheur que Dieu
a voulu faire à chaque créature ; jouissez donc ,
jouissez donc. » Il y avait au fond de cette arti-
ficielle gaieté de Maurice tant de profondes mé-
lancolies , tant de sourds déchirements de cœur
qui se faisaient jour à travers ses sourires , que les
deux amis crurent entendre une de ces chansons
que dit le pauvre dans les rues, une de ces chansons qu'il dit en sautant et en riant, quand il a
l'âme désolée , quand il est près de succomber
à une faim dévorante. Georges et Gustave ne purent retenir leurs larmes, et ce fut en contenant
presque des sanglots que Georges s'écria :

« Oui, oui, monsieur, vous avez dit vrai, c'est bien là notre histoire à tous deux, vous nous l'avez dite vous-même ; or, nous n'avons plus rien à vous apprendre ; mais vous, monsieur, qui nous paraissez si profondément affligé, dites-nous la vôtre, dites-nous vos souffrances ; et si notre compassion, si nos tendres sympathies et notre sincère estime pouvaient alléger un peu le poids de vos tristes souvenances, soyez certain que tout cela ne vous manquera pas. Nous sommes jeunes, bien jeunes encore, presque des enfants, c'est vrai ; mais nous comprenons déjà un peu la vie, nous savons combien la société, ainsi qu'elle est faite, se montre dure pour certains hommes ; nous avons été élevés de telle façon que nous ne nous laissons prendre à aucun semblant, et que le mérite en haillons a autant de droits à notre respect, plus de droits encore, s'il est possible, que le mérite qui se révélerait sous les apparences du bonheur et des richesses.

» — Vous avez de nobles intelligences, de belles et de saintes âmes, s'écria Maurice, en es-

suyant ses pleurs du revers de sa main, je ne
vous parlerai pas de moi, mais je vous dirai cette
triste histoire d'un autre, elle pèse sur mon cœur
et je le soulagerai peut-être en vous la confiant.

» — Avez-vous le temps de m'entendre ?

» — Oui.

» — Eh bien ! écoutez, écoutez :

» Je vous tairai le nom de famille du héros de
cette histoire. Ernest était fils d'un employé au
ministère des finances ; son enfance s'écoula comme
la vôtre, paisible et insoucieuse, il était l'idole de
son père et de sa mère, on lui donna une éducation brillante. Né avec une imagination vive et
quelque intelligence, Ernest fit de rapides progrès ;
à quinze ans, il avait terminé ses classes, il quittait
le collége, et faisait son entrée dans une autre
école, dans le monde ; il y apportait une foi vive,
une grande simplicité de cœur, et l'amour pour
tout ce qui est noble, beau et grand. Il avait en
lui tous les éléments qui font les grands hommes ;
il dépendait des circonstances seules de l'élever

au-dessus des hommes vulgaires, ou de le pousser
dans le cercle étroit où vivent et meurent tant
d'êtres infimes.

» Il faut ici l'avouer, le malheur d'Ernest a
bien pu être la triste conséquence des idées qui
lui furent données par un père ignorant et aveugle.
Au lieu de diriger toutes les facultés brillantes
d'Ernest vers des choses sérieuses et utiles qui,
en donnant un but déterminé à sa vie, l'eussent
maintenu dans de sages bornes, ce père inconsi-
déré exposa son fils, son trésor, aux regards de
tous; il livra pour pâture aux vices du grand
monde toutes les richesses d'une aussi belle nature, il excita en Ernest toutes les fibres de la
vanité, il lui persuada que *réussir dans la société,*
équivalait au bonheur de tout devoir à soi-même,
et il lui vantait toujours la faveur des hommes,
comme une chose qu'il fallait capter pour être heureux. Et s'il parlait et pensait de la sorte, le père
d'Ernest, c'était qu'il n'avait jamais reçu de grandes
leçons de Dieu; il y a des hommes qui naissent,
vivent et meurent, sans avoir fait autre chose, du-

rant leur vie, que de se mouvoir pour ainsi dire
physiquement, sans avoir rien pensé, rien approfondi ; pour ces hommes-là, dont la pensée est
morte, il n'y a de vrai que ce qu'ils voient et ce
qu'ils touchent ; ils marchent avec assurance sur
la terre, et leur ciel n'est jamais terni par aucun
nuage, le malheur glisse sur eux sans les toucher ;
sont-ils heureux ou malheureux les hommes de
cette trempe, qu'en pensez-vous, dit Maurice en
souriant aux enfants qui l'écoutaient attentivement ;
mais tel était le père d'Ernest. »

CHAPITRE III.

Le forçat et le prêtre ; régénération du forçat.

« Nous allons aller le plus rapidement possible, reprit Maurice, après qu'il eut gardé un peu de silence pour se recueillir. Nous allons passer sur beaucoup de petits incidents qui ne se lient pas à cette histoire, et nous arriverons à l'époque où le père et la mère d'Ernest lui furent enlevés à la fois et le même jour par cette cruelle maladie qui décima une partie de la population de Paris. Ce fut le choléra qui précipita dans la tombe le père et la mère d'Ernest. Il avait alors atteint sa vingtième année, et depuis deux ans il était attaché comme surnuméraire à une administration gouvernementale. Ernest pleura beaucoup sur les deux tombes où dormaient pour toujours

14

ses parents. La solitude de la maison l'effrayait,
il alla chercher au-dehors une distraction nécessaire à sa douleur, il demandà au monde des consolations, il demanda à la vie des jouissances, il
demanda à tous l'oubli du passé, et il commença
une vie nouvelle.

» Oh ! quel changement s'était opéré en Ernest !
cinq années de contact avec la société l'avaient usé,
vieilli, presque corrompu. Qu'étaient devenues ses
saintes croyances d'enfant, ses vifs enthousiasmes
pour tout ce qui était beau, noble et grand. Hélas !
tout cela s'était effacé de son cœur, pour faire place
aux passions, qu'excitait en lui le monde dans lequel il avait appris à vivre.

» Le père d'Ernest n'avait laissé aucune fortune
à son fils, homme appartenant plus au monde qu'à
la famille ; il avait dissipé pour le monde, à mesure qu'il les touchait, tous les émoluments de sa
place. Il aimait les plaisirs et les fêtes, et il se
procurait des plaisirs, et il assistait aux fêtes et
donnait aussi des fêtes, sans songer au lendemain,

il mourut donc ne léguant à son fils que son amour pour le monde et sa vanité ; tout cela l'avait perdu, tout cela devait perdre Ernest. Rien n'est si pernicieux à l'homme que ces perpétuelles aspirations vers des choses qu'il ne peut atteindre, pas de luttes plus fatigantes que celles que se livre le pauvre qui n'a pas l'esprit de sa position vis-à-vis de la société, du pauvre qui se sent de l'ambition au cœur, car à mesure qu'il désire et qu'il marche dans l'espoir d'obtenir, il se heurte constamment contre quelqu'obstacle inattendu et insurmontable, contre une société railleuse, qui garde ses mépris pour celui qui ne possède rien, semble à mesure qu'il s'avance le repousser, en lui criant : arrière, arrière.

» Ainsi en butte à des passions insensées, plein de jalousie et d'envie pour ceux qui possèdent et jouissent près de lui, sans qu'il lui soit permis de prendre place à leurs banquets, à leurs festins, l'infortuné n'hésite plus à transiger avec sa conscience, et comme il s'est fait immoral et incrédule, il se fait criminel, il ferme les yeux sur les périls qui l'at-

tendent, il ne craint pas Dieu, il bravera les hommes; il faut qu'il possède à son tour, n'importe par
quels moyens, par quelle voie il arrivera à la possession, il faut qu'il possède. Il deviendra voleur,
faussaire, qu'importe, et il vole et il fait des faux !

» Le pauvre Ernest, ô enfants, dit Maurice d'une
voix à peine intelligible, le pauvre Ernest, mal dirigé par ses parents, livré au monde sans qu'il
eût trouvé parmi la foule un guide éclairé, le
pauvre Ernest, le cœur plein de dévorantes passions, le pauvre Ernest oublia Dieu, il fut délaissé
par son bon ange, il eut un vertige, ce fut comme
une sorte de désespoir étrange ; la société, telle que
les mauvaises passions l'ont faite, lui criait aussi
à lui : tu n'as rien, tu ne peux être des nôtres, tu
n'es pas un de nos pareils, arrière ; et, pris d'un
sombre désespoir, le pauvre Ernest cria du fond
de son cœur à tous les égoïstes du siècle, vous
en avez menti, je serai riche aussi, et l'insensé
prit une plume et fit un faux ! Il devait posséder
cent mille francs !....

» Il les posséda un jour, en effet, et il s'était

endormi dans des joies triomphantes, et il faisait des rêves pleins de délices et d'enchantements, des rêves d'une félicité surhumaine ; il était riche, il était heureux.

» Et, pendant qu'il s'enivrait ainsi et qu'il se montait l'imagination au point de devenir insensé à force de joie, voilà que la justice est en éveil, qu'on est à la recherche d'un criminel, et un matin, cela devait être et cela a été, un matin, voilà qu'Ernest se réveille au fond d'une obscure prison, gardé à vue par un geôlier à face rébarbative ; il se réveille et envisage enfin la position qu'il s'est faite, sous son aspect le plus vrai, le plus triste et le plus désolant ; il se réveille, et il frémit, et il pleure déjà de sa faute, déjà il pleure son malheur !

» La justice des hommes allait donc frapper le coupable Ernest, le faussaire ! Horreur et honte à lui, on allait l'exposer sur une place publique, on allait l'attacher à un poteau ! La foule curieuse allait l'envisager se courbant sous le poids de son igno-

minie, elle allait, cette foule avide de hideux spec-
tacles, elle allait lui jeter à la face son insultante
pitié, ses rires moqueurs, ses huées. Oh ! il y
allait avoir sur le front d'Ernest une tache horrible
que Dieu pouvait effacer, mais dont il ne pourrait
plus se laver aux yeux d'une société qui n'oublie
rien. Pauvre Ernest ! » Ici Maurice cacha un instant
sa tête dans ses mains, il garda un moment de
silence, que les deux amis respectèrent, puis il
reprit :

» Oui, Ernest subit l'un après l'autre tous les
degrés d'ignominie stipulés dans le code pénal ; rien
ne fut oublié de ce qui devait amener cette terrible péripétie du drame de son existence ; oui,
l'un après l'autre, Ernest subit toutes les humiliations réservées aux coupables ; il passa par toutes
les infamantes gradations qui réduisent l'homme né
libre à l'état abject de l'esclave, de la brute ; il
avala jusqu'à sa dernière goutte le calice amer qu'on
versa sur ses lèvres, on n'omit rien, on ne lui
épargna aucune douleur, on ne lui voila aucune
honte, on ne lui adoucit aucune torture ; de la

prison, il marcha au pilori, du pilori, une char-
rette le traîna jusqu'au bagne de Toulon. Au bagne,
bien que déjà il eût un repentir sincère au cœur, il
fut accouplé, lié par une chaîne à l'infâme scélérat
qui, au milieu des fers, a le blasphème sur les lèvres et le crime vivant au cœur ; au scélérat qui
secoue sa chaîne en méditant de nouveaux forfaits.

» Et il lui fallait traîner ainsi sa déplorable
vie pendant plusieurs années ! Pauvre ange déchu,
il se trouvait précipité dans un enfer !

» Oh ! comme il pleurait dans son âme ! oh !
comme il souffrait ! mais disons-le, il souffrait
moins de sa honte, de son esclavage et des vanités blessées de son cœur, que de l'aiguillon du
repentir qui entrait dans ses chairs, du repentir
qui le laissait sans gaieté, sans espérance, durant
l'éternelle durée des jours, et qui, aux heures où
tout se tait, où tout dort, assombrissait sa pensée
au point qu'il s'en effrayait lui-même.

» Oh ! que de fois, vers le déclin d'une de ces

belles journées, quand le soleil descend majes-
tueusement de l'immense surface du ciel, et que,
prêt à se cacher dans un horizon lointain, il semble s'arrêter un instant pour dire adieu à la terre,
en la colorant de reflets magnifiques et tout res-
plendissants; que de fois, à l'heure aimée de Dieu,
où les viles passions des hommes semblent se taire
dans leurs cœurs pour laisser parler leur foi et
leurs croyances, oh! que de fois, à cette heure
sainte, le malheureux Ernest erra sur les rivages
de la mer, de la mer, dont la grande et sublime
voix porte au fond du cœur de celui qui souffre
tant de fraîches mélodies, tant de pieuses et chastes
pensées.

» Oh! combien de fois dans ces heures paisibles
et douces, où l'on n'entend plus autour de soi
aucun bruit des hommes, aucun son de la terre,
où l'on converse avec Dieu et avec son cœur, oh!
combien de fois Ernest s'agenouilla sur la grève,
leva ses mains au ciel, et cria du fond de son âme,
grâce, grâce pour moi! pitié pour moi, Seigneur,
qui voyez mon repentir !....

» Un soir qu'il était resté plus longtemps que
d'ordinaire dans cette pieuse attitude, et qu'il demeurait étranger à tout ce qui ne se rattachait pas
à son malheur et à son repentir, une robe noire
flotta presque sur ses épaules, c'était celle d'un
prêtre, de l'aumônier du bagne.

» Le prêtre et le forçat se regardèrent un instant
à la douce clarté d'une rayonnante lune.

» Il y avait dans l'âme du prêtre indulgence et
pardon, ses yeux traduisaient les sentiments de son
cœur.

» Il y avait dans le cœur du forçat repentir et
désespoir, et ses yeux exprimaient aussi les sentiments de son âme.

» Ils se comprirent tous deux, le prêtre et le
forçat! et le prêtre eut une généreuse compassion
pour le pauvre banni de la société; et le prêtre,
empruntant du ciel sa charité et son éloquence, consola le forçat; il ne voulut pas, le prêtre, qu'il y
eût à côté du noble repentir qui lave, qui purifie,

le désespoir qui glace et qui tue. Et il chercha à réhabiliter le forçat à ses yeux ; il lui parla de la bonté de Dieu, de sa clémence, de son pardon, il lui dit à l'oreille et au cœur tant de choses saintes, bonnes et vraies, qu'Ernest sentit couler dans son âme je ne sais quelle douce et confiante espérance, qui, au sein de l'abjection où il était tombé, où il vivait, le faisait agir et marcher sans voir autour de lui, les yeux constamment levés au ciel, d'où pouvaient découler pour lui avec le pardon, de sublimes consolations et de saintes espérances.

» O douce religion, voilà de vos effets merveilleux et sublimes ! quand ici-bas tout échappe à l'homme, vous seule lui restez et vous le consolez. Sous la casaque du forçat il y avait un cœur plein de Dieu, un cœur purifié, régénéré par les saintes paroles du sacrement de régénération : « Dieu, mon fils, vous tiendra compte de vos remords, il est touché de votre repentir, aucune de vos larmes n'est perdue pour Dieu, Dieu vous pardonne ! »

« Et le forçat sourit alors, et les travaux aux-

quels il était assujetti, si durs qu'ils fussent, lui
parurent encore une pénitence trop douce en la
comparant à l'énormité de ses fautes. On ne parla
bientôt plus dans le bagne que de la conduite exem-
plaire d'Ernest, on voulut l'en récompenser en
lui donnant un emploi qui serait moins pénible
pour lui que les travaux obligés, mais Ernest refusa toute amélioration dans sa position.

» Il savait habilement se soustraire à tous les
témoignages d'intérêt qu'on voulait lui donner.

» Chose étrange ! il avait fallu à l'intelligence
d'Ernest une grande secousse morale, pour lui faire
prendre l'essor vers le bien ; il avait fallu à cet
homme une grande leçon de Dieu pour lui faire
aimer et pratiquer la vertu. Il avait fallu à l'incrédule un malheur immense, pour révéler tout-
à-coup à cette intelligence et à ce cœur la puissance et la bonté divine.

» Le prêtre et le forçat se retrouvaient souvent
le soir au même lieu où ils s'étaient vus pour la
première fois. Ils s'entretenaient longuement tous

deux de choses saintes ; le prêtre avait pénétré dans les plus secrets replis de cette âme affligée et repentante.

» Mon fils ! lui disait-il quelquefois , votre temps de pénitence va finir , vous allez bientôt quitter l'esclavage avilissant auquel les hommes vous avaient condamné. Vous allez jeter loin de vous ce bonnet et cette casaque du forçat , vous allez redevenir un enfant de la société. Ah ! songez toujours , mon fils , qu'il vous reste beaucoup à faire pour re-gagner l'estime des hommes ; hélas ! leur sentence est plus terrible que celle de Dieu. Une seule faute suffit pour nous faire perdre l'estime des hommes ; combien de temps faudrait-il exercer les vertus les plus difficiles pour nous concilier leurs bonnes grâces ! on ne saurait le dire ? Demeurez ferme dans la bonne voie, marchez toujours sur la terre la tête levée au ciel ; ne tenez pas compte du ju-gement que les hommes porteront sur vous ; faites qu'en descendant dans votre conscience , vous puis-siez vous rendre un bon témoignage de toutes vos pensées et de toutes vos actions , et allez, marchez toujours ainsi. Voyez-vous, mon fils, Dieu habite dans une conscience pure, c'est là où se trouve le seul bonheur désirable.

» Dans les sages conversations qu'il avait avec le digne ecclésiastique, Ernest grandissait chaque jour, en s'élevant jusqu'à la pratique des vertus chrétiennes.

» Pauvre Ernest, ainsi que je vous l'ai dit, enfants, toutes ses fautes n'étaient pour ainsi dire pas ses propres œuvres ; Ernest était tombé dans le vice, comme l'oiseau tombe dans le piège que lui tend l'oiseleur.

» La société est un peu comme l'oiseleur ; elle renferme dans son sein des appeaux mortels pour l'innocence, ou l'orgueil et l'ambition.

» La société est pleine d'exigences ; la majorité des hommes n'adorent que l'argent, n'estiment que l'argent, poussent au cœur de celui qui n'a rien d'étranges fantaisies, de coupables désirs.

» Mille choses s'étaient groupées autour d'Er-

nest pour le perdre ; poussé dans une sage direction, Ernest eût fait un honnête homme, un homme
de bien. Oublié, méprisé, incompris de tous,
Ernest s'en alla au bagne. » Et Maurice fit ici un
petit repos, sa tête se pencha sur sa poitrine ; il
semblait dans cette attitude adresser une prière au
ciel.

CHAPITRE IV.

Encore l'histoire du forçat ; il sort du bagne.

MAURICE reprit la parole en ces termes :

« Il arriva enfin le grand jour où le temps de pénitence d'Ernest ayant expiré, il allait rentrer dans la société.

» Or, un matin on lui dit : vous êtes libre ; et lorsqu'on eut détaché de son pied la chaîne honteuse, lorsqu'on l'eut dépouillé de ses vêtements de condamné, pour le revêtir d'habits non élégants, mais simples et propres, on lui assigna un lieu de résidence ; on lui enjoignit d'habiter la ville de Toulouse dans le Languedoc ; puis on lui dit encore en lui ouvrant la grande porte du bagne : allez, vous êtes libre !

» Et le bon prêtre qui, avait assisté à son départ, lui avait dit en lui donnant sa bénédiction : « Mon fils, vous voilà pardonné par Dieu, tâchez de vous réhabiliter aux yeux du monde ; allez ; » et le prêtre donna au forçat un doux sourire et une larme, et les portes du bagne se fermèrent avec grand fracas.

» Ernest était dans Toulon. Il était libre, le captif de tantôt ; il était libre, il levait les yeux au ciel ; il aurait voulu, pour remercier Dieu, se prosterner sur la terre, pour le remercier surtout de l'avoir fait survivre à sa honteuse captivité.

» Il sentait bondir son cœur dans sa poitrine, il précipitait sa marche, il heurtait tout en passant, il était ivre de joie, il saluait du regard et du cœur chaque homme qui le coudoyait, il le saluait comme un ami, comme un frère ! Volontiers Ernest aurait ouvert ses bras à tous ceux qu'il trouvait sur son passage.

» Il était libre ! comme tout lui semblait bon

dans la vie ! comme la nature était belle ! Avez-
vous, dit en souriant avec mélancolie Maurice,
avez-vous quelquefois, enfants, tenu en cage un
pauvre oiseau ? lui avez-vous ouvert tout-à-coup les
portes de sa prison ? oh ! alors vous devez l'avoir
vu battre des ailes au soleil ; puis, joyeux, prendre
son essor dans les bois, sa patrie, et jeter dans
l'air des notes tirées de son gosier flexible. Oui, si
vous avez assisté à ce touchant spectacle, vous aurez
une idée nette et précise des sentiments qui animaient le pauvre Ernest, qui retrouvait aussi lui,
l'air et la liberté. Il était libre enfin, régénéré,
il sentait au-dedans de lui une puissante sève de
vertus. Il lui tardait d'appliquer ces vertus à quelque grande chose ; de travailler à une œuvre de
mérite et expiatoire, qui pût marquer dans le souvenir des hommes. Ernest était d'autant plus dé-
sireux de s'illustrer parmi la grande famille humaine, qu'il savait avoir démérité à ses yeux. Dix
années de repentir, de réclusion, de larmes,
l'avaient complètement changé. Si ses traits, l'expression de sa physionomie, s'étaient empreints
d'une austérité grave et réfléchie, si son dos s'était

voûté sous le poids de sa honte , si des rides pré-
coces sillonnaient son front et lui donnaient, à trente
ans à peine, l'air d'un vieillard , toutes-les facultés
de son intelligence s'étaient aussi largement déve-
loppées ; tout ce qui avait si longtemps pour ainsi
dire dormi en lui se réveilla avec une prodigieuse
vivacité. Tous ses bons instincts d'enfant , étouffés
par la mauvaise direction que donna son père à
sa vie , étouffés par son contact avec le monde ,
tous ses bons instincts d'enfant s'étaient transfor-
més en idées arrêtées et précises sur les devoirs
qui sont imposés à l'homme et au· chrétien. Il
s'étonnait naïvement d'avoir failli au milieu d'une
société qui , toute injuste et partiale qu'elle est ,
garde néanmoins quelques palmes de gloire à l'intelligence reconnue, et à la vertu persévérante.
Comme un vieillard expérimenté, il savait alors,
le pauvre forçat libéré , beaucoup de choses. Le
bagne avait été pour lui une école où le malheur
et le repentir avaient fait son éducation. Informe
chrysalide , il s'était transformé dans une coque
mystérieuse , et il revenait au jour, à la vie, sous
une brillante forme.

» Et il marchait donc dans les rues de Toulon avec un inexprimable sentiment de bonheur ; et il quitta bientôt Toulon, s'enfonça dans les campa-gnes et prit la route du pays qu'on lui avait désigné.

» La plus belle époque de la vie d'Ernest fut assurément le court intervalle de temps qui sépara sa sortie du bagne, de son arrivée à Toulouse. Il laissait là-bas, bien en arrière de lui, le malheur et l'affliction, et il ne se doutait pas que l'affliction et le malheur marcheraient plus vite que lui, et qu'ils attendraient le pauvre forçat régénéré aux portes de la ville qu'il lui était enjoint d'habiter.

» Pendant toute la route qu'il fit à pied, con-tinua Maurice en ne pouvant contenir un long et douloureux soupir, Ernest formait les plus beaux projets pour l'avenir. Il saurait se rendre recommandable à tous par la sévère observance qu'il garderait de toutes les vertus évangéliques ; il forcerait bien, pensait-il, l'estime des hommes à l'atteindre ; car il était disposé à ne point mar-chander sa vie même, quand il s'agirait de servir

l'humanité. Il voulait, il espérait prouver par son
seul exemple, qu'on peut se relever du crime,
qu'il y a au moins autant de mérite à se laver
complètement d'une faute, que de n'avoir jamais
été coupable d'aucun délit. Il espérait tout cela
le pauvre Ernest, et beaucoup d'autres choses,
et il marchait tantôt en levant ses yeux vers le
ciel, tantôt en jetant au loin ses regards sur les
campagnes fleuries, et les plaines fertiles qu'il allait traverser ; et dans le saint enthousiasme que
lui inspirait l'air et la liberté dont il jouissait si
pleinement, il précipitait sa marche et franchit fort
lestement les soixante-cinq lieues environ, au bout
desquelles se trouvait la ville de Toulouse.

» Et il y arriva un matin, et il se présenta muni
de ses papiers devant l'homme revêtu de l'autorité
des lois et chargé d'exercer une surveillance active
sur les malheureux forçats qui rentrent dans le
sein de la société.

» Cherchez du travail, le travail est la meilleure
sauve-garde de la vertu, lui avait dit cet homme.

Nous aurons constamment les yeux ouverts sur votre conduite, et lorsqu'il y aura lieu de faire un bon rapport sur vous, soyez certain que nous ne négligerons pas de le faire. Et alors cette sur-veillance qui vous chagrine peut-être un peu cessera entièrement. Et d'un geste il congédia le pauvre Ernest.

» Cherchez du travail, lui avait dit cet homme; c'était bien du travail qu'Ernest voulait obtenir, puisqu'il désirait exister encore. Il y a sur le front du malheureux affranchi des fers, dit Maurice après un court mais pénible silence, il y a sur son front, dans son allure, dans sa pose, dans ses traits, jusque dans l'effort de son sourire, il y a je ne sais quel terrible cachet qui le ferait reconnaître, au milieu de la foule, pour un banni de la société, pour un maudit.

» Ce signe indestructible, attaché on dirait par la main de Dieu sur le front du forçat, serait-il dans ce monde un châtiment perpétuel de son crime?

» Oh ! si le jeune homme qui n'a point perdu
son innocence savait quelque chose des affreuses
tortures de celui qui se détache de la vertu, à
coup sûr, avant de commettre une faute, une seule
faute, il s'éloignerait avec horreur du vice qui
doit attirer sur lui l'injurieuse pitié et le mépris
des hommes, et il se hâterait de rentrer dans la
voie de la vertu.

» Oui, continua Maurice d'un ton pénétré de
douleur, Ernest faisait quelquefois ces réflexions,
alors même qu'il était rentré dans la société avec
les meilleurs sentiments.

» Longtemps, le malheureux erra de tous côtés
dans Toulouse, demandant à tous du travail. D'abord
il crut pouvoir mettre à profit les dons de son intelligence et les facultés naturelles qui s'étaient
perfectionnées par une instruction étendue ; il
demanda à cet effet à occuper quelqu'emploi, soit
dans les bureaux de la mairie, ou de toute autre
administration. Hélas ! on sourit en l'écoutant, on
lui jeta à la face un de ces regards insultants qui

en disent plus qu'une phrase, un de ces regards
qui distillent au cœur un poison mortel ; puis on
sourit, et on lui dit : il n'y a point de place pour
vous ! et il en fut presque partout de même, il fallait travailler pourtant, il fallait vivre et il alla,
tant la faim est chose impérieuse, et il alla jusqu'à
quêter, comme une faveur, la permission de ra-
masser des pierres sur la grande route.

» Oh ! c'était pire encore que les travaux du
bagne ! car vivre au milieu d'hommes sans pitié
qui récusent en notre âme tout bon sentiment,
tout retour au bien, sentir son énergie pour accomplir tout ce qui est noble et grand, se briser
contre l'incrédulité et la sécheresse du cœur de
ses semblables, sentir refouler dans sa poitrine
tout saint enthousiasme, toute pensée, toute ardeur
généreuse par le mépris, par ces mots que les
hommes en vous voyant se disent à l'oreille, en
vous montrant du doigt, par ces mots : c'est un
forçat, c'est un forçat. Oh ! ce n'est plus vivre
cela, c'est mourir, c'est mourir !

» Et c'est ainsi, dit tristement Maurice, c'est

ainsi que l'impitoyable société accueille le repentir
d'un coupable. Inexorable dans ses haines et dans
ses mépris, elle ne revient plus sur le jugement
qu'elle a porté; on ne peut plus, une fois qu'on
l'a perdue, recouvrer sa bienveillance; de sorte
que, repoussés par les hommes, isolés et comme
n'appartenant plus par aucun lien à la grande famille humaine, quelques forçats libérés, prenant
la vie en dégoût, la société et les hommes en
horreur, c'est ainsi qu'ils se jettent par lassitude
d'une vie qu'on leur fait si amère, par besoin
d'exister, par désespoir; c'est ainsi que les malheureux se jettent une seconde fois dans le crime!

» Ernest était témoin chaque jour des effets
pernicieux de cette vérité. Beaucoup de ses infortunés compagnons rompaient leur ban, et s'ache-
minaient clandestinement vers Paris, ou toute
autre grande ville, où ils pourraient satisfaire les
viles passions qui s'étaient réveillées en eux, et
qu'on aurait peut-être pu à jamais étouffer, si la
société s'était montrée moins dure et moins in-
flexible à leur égard.

» Quant à Ernest, hélas ! à Toulouse comme au
bagne, il supportait son affliction avec la résignation du chrétien. Il endurait avec courage tous les
tourments de l'amour-propre et des vanités blessées, il se les appliquait comme étant la triste
conséquence de ses erreurs passées et comme en
étant le juste châtiment; et à Toulouse comme au
bagne, il se rapprocha d'un saint prêtre, et il
puisa de douces consolations dans la prière.

» Souvent, au milieu de son humiliante position vis-à-vis des hommes, le pauvre forçat régénéré, purifié par son repentir, le pauvre forçat
se relevait de son abaissement, il dominait la foule
de toute sa grandeur morale, et se disait : eh !
que m'importent vos mépris, hommes du temps,
hommes qui passerez comme moi, hommes que
je retrouverai devant Dieu, que m'importent vos
mépris, si notre Père commun me sourit et me
pardonne, s'il m'appelle encore son enfant !

» Et il allait ainsi dans Toulouse, il allait toujours éveillé, toujours actif pour le bien, à l'aide

16

d'une petite industrie ; il gagnait de quoi se procurer assez de pain pour pouvoir, sans fléchir, rester
sur ses jambes ; c'était assez pour lui ; il aurait
voulu faire de grandes choses, comme je vous l'ai
dit déjà, enfants ; mais on lui en ôta la faculté,
il se distingua dans les petites.

» Il y a, certes, infiniment de mérite à celui
qui accepte courageusement toutes les conditions
qui lui sont faites par la destinée la plus incon-
cevable. Ernest, malgré sa régénération, malgré
tous les nobles élans de son cœur qui, pendant
la durée de son ban, l'entraînèrent constamment
au secours des personnes en danger, des personnes
qui avaient besoin d'un cœur et de deux bras, qui
l'entraînèrent à s'oublier en face du malheur d'autrui, eh bien ! malgré tout cela, malgré tout ce
qui devait le rendre cher et recommandable dans
l'estime des hommes, le terrible et fatal anathème
ne fut pas effacé de son front, on y lisait toujours
ce mot honteux : *forçat.*

» Et aussi, quand son temps de surveillance de

la police fut expiré et qu'on le laissa le propre
arbitre de ses volontés, et qu'il devint réellement
un homme libre, le pauvre Ernest quitta Toulouse,
et la besace au dos, un bâton de voyage dans la
main, il se mit en route. Où allait-il? Il ne le
savait pas; un instant il eut la pensée de marcher
toujours, de ne jamais s'arrêter nulle part, de
s'infliger la même pénitence qui fut infligée, dit-on
au malheureux juif errant; mais fatigué bientôt
d'une longue marche, à laquelle il n'avait dans sa
pensée assigné aucun but, il s'assit sur une pierre
qui était sur le bord du chemin.

» On était au printemps; la matinée était magnifique, la nature était calme et silencieuse comme
une âme qui se recueillerait sous l'impression d'un
bonheur infini; seulement on entendait par intervalle les chants joyeux d'oiseaux perchés sur la
cime des arbres, ou la voix lointaine d'un pâtre
appelant ses brebis dispersées sur le sommet des
montagnes. Ernest contempla un instant, avec un
ravissement indicible, le sublime tableau que lui
offrait une nature si riche et si parée; il aspira

avec une joie d'enfant tous les parfums, toutes les
émanations embaumées qui s'échappaient du calice
des fleurs printanières. « Qu'il fait bon vivre ! s'écria
avec sensibilité le pauvre Ernest, et quelques
douces larmes humectèrent ses paupières, et il
resta pendant quelques minutes absorbé dans une
pieuse rêverie, prière des âmes tendres, prière
qui doit être agréable à Dieu.

» Puis, sortant de sa douce léthargie, il évoqua
les uns après les autres tous ses souvenirs des
anciens jours, il parla bas avec sa conscience, et
il en sortit un son, une voix, comme un céleste
écho de Dieu, qui lui cria : malheureux, si tu es
flétri dans l'opinion des hommes, tu t'es relevé
auprès de Dieu ; espère ! espère !

» Et une espérance sainte, une de ces espérances qui illuminent toute une sombre existence
d'homme, une de ces espérances qui jusque-là
n'avait point pénétré dans son âme pleine de tristesses et d'afflictions; une espérance régénératrice
surgit dans son cœur, et il se leva de dessus la

pierre, et il se remit à marcher à travers des sen-
tiers couverts de fleurs et traversés de ruisseaux,
dont le murmure enchanteur se mêlait au bour-
donnement des millions d'insectes, qui s'ébattaient
aux rayons d'un soleil resplendissant.

» Vers la fin de ce jour, Ernest qui voyageait
sans carte géographique, et qui en partant n'avait
qu'une pensée, qu'un désir, celui de s'éloigner
de Toulouse, vers la fin de ce jour, Ernest entra
dans un charmant hameau, harassé de fatigue, il
implora l'hospitalité dans une cabane.

» La pauvre famille, à laquelle s'adressa le voyageur fatigué, le reçut en ami, en frère, et d'après
ce qui lui fut dit de la distance de ce hameau
d'avec les villes de Paris, Toulon et Toulouse, le
malheureux Ernest s'en crut suffisamment séparé.

» Je veux mourir ici, se dit-il, et il se fixa
pour toujours dans ce hameau ; il changea de
nom..........

» — Et c'est sous celui de Maurice, interrompit

involontairement Georges, qu'il s'est fait connaître dans ce pays. Oh! n'est-ce pas, monsieur, que c'est votre propre histoire que vous nous avez dite; oh! soyez sans inquiétude, monsieur, nous ne trahirons point votre confiance, nous ne divulguerons pas votre triste secret.

» Pour Dieu, comme pour nous, soyez-en sûr, le forçat n'existe plus, il ne reste à sa place que Maurice, l'homme dévoué et bienfaisant, l'ange protecteur qui veille sans cesse sur tous les habitants de la contrée. Oubliez, monsieur, oubliez, bon Maurice, oubliez le passé, envisagez sans crainte le présent, souriez à l'avenir, et vous serez heureux encore; votre mémoire est votre plus cruelle ennemie; oui, souriez à l'avenir, car Dieu vous a souri aussi à vous, il vous a pardonné, il vous protége et vous bénit. »

Maurice versait des torrents de larmes!

« Oh! merci, enfants, s'écria-t-il, quand son émotion lui permit de parler, merci, de votre généreuse compassion. Ce fatal secret dormait dans

mon sein depuis tant d'années, il m'accablait, il
s'en est échappé comme malgré moi ; oh ! merci,
vous qui ne vous éloignez pas avec effroi du pauvre
forçat, vous qui avez des larmes pour ses larmes,
et des paroles consolantes à envoyer à son cœur,
merci, vous avez jeté quelques éclairs de joie dans
ma vie si aride, si sombre, si pâle ; pour vous,
nobles et généreux enfants, le pauvre forçat est
un homme, et vous lui accordez sans réserve votre
miséricordieuse pitié ! oh merci ! merci ! »

Et Maurice laissait s'exhaler de sa poitrine de
déchirants sanglots.

« Calmez-vous, dirent Georges et Gustave, at-
tendris jusqu'au fond de l'âme d'une telle douleur,
calmez-vous, bon Maurice, le passé est déjà bien
loin, marchez avec confiance dans l'avenir.

» — Oui, enfants, murmura Maurice au milieu de ses larmes, oui, j'ai devant moi l'avenir
du ciel, j'ai pour moi la clémente compassion de
Dieu, c'est vrai, hélas ! je n'attends rien des
hommes.

» — Vous les servez pourtant avec amour, observa timidement Gustave.

» — J'ai pour les hommes la tendresse sans
bornes d'un père pour ses enfants. Comme un bon
père, j'aime les hommes, plutôt dans leur intérêt
que dans le mien propre; je leur donne tout ce
que je peux leur donner, et en échange je ne réclame rien.

» — Pauvre Maurice! dit Georges; puis il articula avec une certaine appréhension : mon père
est humain et généreux, et s'il savait.....

» — Oh! n'allez pas, me trahir, gardez mon
secret, mon enfant, gardez-le pieusement au fond
de votre cœur, qu'il y meure avec vous, je ne veux
pas de pitié, pas d'amour; de l'argent, eh! qu'en
ferais-je, mon Dieu, je bénis ma pauvreté; c'est
dans elle que j'ai puisé quelques vertus; allez, le
pauvre a ses joies saintes, croyez-le bien; ce n'est
pas toujours la main pleine d'or que l'on doit
entrer dans la demeure des affligés; on a plus

besoin souvent de sympathie et de consolation, que de ce métal que prisent tant les riches et les habitants des cités, Maurice, avec son cœur plein d'amour et n'ayant pas d'autre fortune que les deux bras, cherche à se rendre utile aux pauvres, aux malheureux et à tous ceux qui souffrent dans la contrée. Dans toutes les positions de la vie sont attachés de saints priviléges, et donner tout ce qui est en son pouvoir de donner, c'est assez; Dieu n'en exige pas davantage de chaque homme. »

Il se fit un silence après lequel Maurice reprit : « Pour prix de ma confiance, enfants, gardez en vos cœurs le secret du pauvre Maurice, du malheureux forçat.

» — Vous le voulez absolument, dit Georges, dont le cœur généreux avait bondi à la pensée du bien qu'il pourrait faire à Maurice, s'il était aidé par son père; vous le voulez absolument, répéta-t-il ?

» — Je l'exige.

» — Nous vous obéirons.

» — C'est bien, dit Maurice, mais n'allez pas
m'oublier, n'allez pas me retirer votre estime ;
venez quelquefois encore vous asseoir près de moi
à l'ombre de ce chêne, vous adoucirez mon malheur, vous communiquerez à mon âme quelque
chose de la pureté de vos âmes. Oh ! venez, venez
le plus souvent, et mon cœur vous bénira.

» — Oh ! nous reviendrons, nous reviendrons,
dirent les amis.

» — Mais, se ravisa tout-à-coup Maurice, je
vais à mon horloge, et il regarda le soleil qui montait radieux et pur, vers le milieu de la voûte céleste ; je vois qu'il est près de midi, j'ai quelques
malades à visiter ; il faut que j'aille porter quelques consolations dans de misérables chaumières,
je dois donc me séparer de vous, mes jeunes
amis. » Et, ce disant, il se leva, mit sous son
bras quelques branches d'osier, prit à sa main le
panier presqu'achevé, puis, après avoir jeté aux
deux amis un dernier regard et un doux et triste
sourire, il s'éloigna lentement, en disant : « Au
revoir ! au revoir ! »

Georges et Gustave, lorsqu'ils l'eurent accompagné du regard jusqu'à ce que quelques touffes d'arbres l'eussent tout-à-fait dérobé à leurs yeux, Georges et Gustave se levèrent aussi, et tout en s'entretenant de l'étrange histoire de cet homme, ils parcoururent les bords de la Loire, et n'arrivèrent au château qu'à l'heure où les chasseurs affamés se réunissaient bruyamment dans la vaste et gothique salle à manger.

Préoccupés comme ils l'étaient de l'histoire de Maurice, les deux adolescents, sans trahir le secret du malheureux vieillard, ne purent cependant s'empêcher de raconter à leurs parents réunis tout ce qu'ils savaient de la bienfaisance de Maurice, de son abnégation sublime en faveur des habitants du hameau et de la contrée; ils surent si bien éveiller les sympathies et la charité de tous les chasseurs en faveur de leur protégé, qu'ils avaient à leur disposition à la fin du repas une somme assez considérable pour assurer un petit bien-être à Maurice. Il n'y avait donc plus pour les deux amis que la difficulté de faire agréer au malheureux vieillard cet argent ; cependant, au bout de quelques heures de délibération, ils convinrent de glisser avant leur départ cette bourse dans la chaumière de Maurice, ce qui était facile en profitant d'une ouverture que la vétusté avait faite à la porte de sa cabane. Une lettre fut écrite, cette lettre devait être jointe à l'argent, voici le contenu de cette lettre :

NOTRE CHER MAURICE,

Ne refusez pas cet argent que nous vous offrons de si bon cœur, ce serait offenser notre tendre amitié pour vous. Nous serons heureux en songeant que nous nous sommes associés à vos actes de charité. Priez Dieu pour nous, et songez que vous avez deux sincères amis dans

GEORGES ET GUSTAVE.

Cependant, chaque jour, les deux jeunes gens se rendaient sur les bords de la Loire, ils causaient avec Maurice pendant des heures entières, et s'instruisaient aux leçons de sa grande expérience des choses du monde. Il y avait un tel charme dans sa conversation ; il y avait tant de pensées profondes et salutaires dans ses entretiens, tant d'expression dans ses manières, que les deux amis voyaient s'approcher, avec un profond regret et un serrement de cœur, l'instant où ils devraient se séparer de Maurice peut-être pour toujours.

Un soir, hélas! ils étaient demeurés tous les trois plus longtemps que de coutume assis sur l'herbe; la nuit rembrunissait déjà l'atmosphère, c'était une de ces belles et rayonnantes soirées d'automne où l'air est imprégné de mille suaves parfums. Le soleil venait de s'incliner dans l'horizon, laissant au ciel une éclatante écharpe de pourpre. La soirée était déjà avancée, et ce soir-là aucun d'eux ne songeait à la retraite. C'est que Maurice avait peut-être le pressentiment de la douleur qui lui était réservée, et qu'il prolongeait instinctivement un bonheur qui allait lui être ravi. C'est que Georges et Gustave n'osaient eux, prononcer le mot si cruel: *adieu*. Cependant la cloche du hameau, qui tinta huit heures, vint mettre un terme à leur hésitation.

« Huit heures, s'écria Georges en bondissant,

mon père aura de l'inquiétude sur notre longue
absence du château; bon Maurice, il faut nous
séparer. »

Et à ces mots, Maurice sembla se réveiller subitement d'un doux rêve, et il tourna son visage
vers les deux amis, ce visage était mouillé de
larmes, à travers lesquelles pourtant perça aussitôt
l'un de ses mélancoliques sourires. « Nous séparer,
s'écria-t-il, mais ne reviendrez-vous donc pas demain ?

» — Nous partons, murmura Georges d'une
voix que la tristesse brisait.

» — Vous partez, vous retournez à Paris ?

» — Hélas oui ! de grand matin, répliqua Gustave. »

Et alors ils cheminèrent tous les trois côte à
côte sans échanger des paroles, le silence n'était
interrompu que par les soupirs.

Puis, quand ils furent près du hameau, ce fut Maurice qui dit en sanglottant :

« Adieu donc, mes bons jeunes amis, gardez-moi une place dans votre souvenir, je ne vous oublierai point, moi ! et si vous revenez l'an prochain, eh bien ! venez vous asseoir sur ma tombe, venez vous y agenouiller et prier. Adieu donc, mes anges bénis, que Dieu vous protége et vous bénisse. Adieu, murmura-t-il encore à travers ses pleurs, adieu. » Et il s'éloigna précipitamment. Les deux amis se disaient entr'eux le lendemain en jetant un dernier regard sur le hameau :

« Pauvre Maurice, nous lui avons laissé au moins quelques ressources pour les jours mauvais, pour sa vieillesse. » Et la voiture qui les emportait, roulait, roulait vers Paris.

Ni Georges, ni Gustave, n'oublièrent Maurice.

Mais les années se succédèrent, et les deux adolescents étaient devenus des hommes.

Et ils n'étaient plus retournés au vieux château,

ils ignoraient le sort de Maurice , mais leur pensée errait bien souvent sur les bords de la Loire ; elle leur représentait comme une souvenance de la veille le bon vieillard , la tête penchée sur sa poitrine , tressant les liens flexibles de l'osier , ou suivant le soir l'étoile qui glisse dans le ciel , ou s'arrêtant sur les flots capricieux de la Loire.

« Que ne donnerais-je pas , s'écriait Georges , pour presser sa main une fois encore ! »

Et Dieu voulut lui donner cette satisfaction.

M. Belcour voulant se défaire de son vieux château , qu'il avait abandonné à cause de ses affaires , partit un matin avec celui qui voulait l'acquérir. Georges fut du voyage.

Comme son cœur battait pendant toute la route. Il allait revoir Maurice ! et pendant que son père s'occupait d'intérêt , Georges courut au hameau. Hélas ! une calamité semblait peser sur tous les habitants , un grand malheur semblait les menacer tous.

Maurice allait mourir !

La porte de sa chaumière était impénétrable.
Hommes, femmes, enfants, vieillards, tous étaient
à genoux, tous priaient pour Maurice, pour leur
bienfaiteur. Georges réussit à se faire un passage
à travers cette foule recueillie, et le cœur brisé,
il pénétra dans la cabane. Maurice était étendu
sur un grabat, son visage était pâle et décharné,
le curé du hameau, qui venait de l'administrer,
récitait à son chevet les prières des agonisants :
Maurice, les yeux attachés sur un crucifix, semblait s'abîmer dans cette pieuse contemplation ; il
paraissait ne plus appartenir déjà à la terre.

« Maurice, Maurice, dit Georges en versant des
pleurs et en tombant à genoux ; Maurice, c'est moi,
c'est Georges, me reconnaissez-vous ? » A ce cri
de douleur, comme s'il eût attendu la présence de
son jeune ami pour briser complètement avec les
choses de la terre, Maurice se retourna : « Ah !
je vous attendais ; merci d'être venu, dit-il ; ô mon
Dieu, je meurs avec joie. » Et il rendit sans effort
le dernier soupir.

OISIVETÉ ET TRAVAIL.

L**A** société, cet assemblage d'hommes sur la terre, la société qu'a formée Dieu lui-même, afin que le Créateur aidât la créature, que le frère fût uni au frère par un commun besoin; la société, simple d'abord, s'est graduellement divisée par les effets de la civilisation. Eh! comment en aurait-il pu être autrement? A mesure que les villes et les campagnes se sont peuplées, les besoins des hommes se sont agrandis et multipliés, l'esprit de Dieu et des choses saintes s'est effacé peu à peu du cœur des hommes, pour faire place à des intérêts tout temporels. Excité constamment par une rivalité dangereuse, chacun a senti naître en soi le désir d'acquérir des richesses. La considération qui s'attache, de nos jours, à ceux-là seuls qui s'élèvent du sein de la foule pour dominer, soit par l'éclat de leur fortune, soit par l'éclat de leurs talents ; cette considération a été bièntôt le but dominateur de chaque individu ; de là nécessairement égoïsme et lutte, de là mésintelligence et odieuse rivalité parmi les enfants de Dieu. Hélas ! il est bien loin de nous, le temps où l'homme, fait à l'image du Père céleste, s'en allait bien loin aux champs tremper la terre de ses sueurs, n'aspirant qu'au bonheur suprême de perfectionner son cœur par le travail et la prière. Toutes ses joies, il les puisait dans la famille, dans la paix de la conscience et du cœur. Oh ! oui, il est bien loin de nous ce temps, et c'est vainement que dans ce siècle de positivisme et de calcul, on voudrait exciter l'homme à retrouver ces temps heureux. Emporté dans les flots d'une civilisation honteuse, il en suit les plus impétueuses dérivations, sans se préoccuper de ce qui a existé en arrière de lui, sans songer à ce qui l'attend plus tard, sans reposer sa pensée qu'il y a au-delà de la vie un port qui ne livre son

passage qu'à celui-là seul qui s'y présente innocent, ou purifié. Mais laissons à d'autres plus ha-
biles le soin d'agiter de si hautes questions, et
arrivons à la petite et simple historiette que nous
voulons vous conter.

M. Saint-Giés était veuf et n'avait eu de son
mariage qu'un fils. Alphonse était d'un caractère
doux et sérieux, d'un esprit vif et pourtant rêveur; enfant, encore souvent il avait laissé là tous
ses jouets, pour suivre longtemps du regard un
nuage qui passait au ciel, se confondant bientôt
dans les pures lumières d'un horizon qui reflète
encore les étincelantes lueurs d'un soleil couchant.
Souvent on l'avait vu s'attendrir jusqu'aux larmes
en écoutant le soir le chant de ces mille oiseaux
qui saluent le Créateur en un hymne touchant;
plus d'une fois l'enfant enthousiaste et sensible
avait écouté religieusement le récit d'une bonne
action, et il s'éveillait alors en lui des instincts
généreux qui se révélaient par des réflexions si
pleines de tact et de sagesse, qu'il étonnait ceux
qui étaient à même de le comprendre et de le

juger ; il fallait à cette âme à la fois si naïve , si
intelligente et si tendre , il lui fallait une carrière
où toutes les facultés les plus exquises du cœur
pussent constamment s'exercer au profit de l'humanité , dont tout enfant qu'il était , il se faisait
déjà l'éloquent apôtre.

Pendant longtemps le choix d'un état pour son
fils préoccupa M. Saint-Giés ; mais comme il lui
sembla que cette affaire importante toucherait trop
exclusivement au bonheur de celui qui l'exercerait,
M. Saint-Giés , en homme sage et en père éclairé ,
résolut de bien étudier Alphonse pour mieux connaître sa vocation , et laissa développer en lui sa
raison et son jugement sans leur imposer aucune
direction positive ; ainsi , comme un habile jar-
dinier , il émonda l'arbre , le débarrassa de tout
obstacle , le préserva de tout contact funeste , se-
conda le développement de sa puissante sève , et il
attendit patiemment les fruits qu'il promettait de
mûrir.

Alphonse fut placé de bonne heure dans un

collége, où il mit à profit un temps qui semble
d'abord long aux élèves, mais qui au fond passe
avec la rapidité de l'éclair. Alphonse devint bientôt
un des sujets les plus distingués de sa classe. Il
joignait à cette facilité des études que tous les
enfants intelligents ont en général, le goût prononcé pour devenir un homme de bien, plutôt
qu'un savant dans lequel une orgueilleuse instruction a flétri, a desséché les plus généreux sentiments du cœur. Il avait puisé une grande bonté,
une inaltérable douceur de caractère, dans la lecture constante qu'il faisait de bons livres, dans la
fidélité à suivre les excellents conseils du guide
de son âme. Il grandit ainsi, notre Alphonse, dans
les meilleurs principes, et M. Saint-Giés, qui suivait
du cœur tous les progrès de son fils, pouvait jus-
tement s'enorgueillir de son titre de père d'un
enfant qui promettait à sa vieillesse tant de félicité !

Alphonse avait atteint sa dix-huitième année; il
venait de terminer toutes ses classes, sa rhétorique,
sa philosophie; tout avait été achevé sans emphase

et sans orgueil, et loin d'être alors comme sont
beaucoup de jeunes gens, qui, parce qu'ils ont fait
quelques études, pensent être propres à régir le
monde, et s'étonnent de pouvoir supporter, sans
fléchir, le poids de leurs talents ; Alphonse avouait
dans toute la sincérité de son cœur, dans toute
l'humilité de son âme, il avouait à son père qu'il
n'était qu'un grand ignorant, à quoi M. Saint-Giés
répondait :

« Tu as raison, mon fils, car il te reste encore
beaucoup de choses à apprendre ; tu n'as pas encore l'expérience de la vie, celle-là, vois-tu, on
ne l'acquiert pas sur les bancs des colléges, ce
sont les divers évènements de l'existence qui l'en-
seignent, c'est la perpétuelle étude des sentiments
du cœur qui achève une éducation, c'est pourquoi
le vieillard le moins érudit en pourrait remontrer
au jeune homme le plus instruit, c'est pourquoi
la vieillesse est toujours si respectable. Hélas ! elle
a puisé ses enseignements à l'école de l'expérience
toujours si rude, mais toujours profitable. »

Peu de temps après sa sortie du collége, et

avant que M. Saint-Giés n'eût songé à sonder le
cœur d'Alphonse sur l'état qu'il lui convenait d'embrasser, il arriva à M. Saint-Giés diverses invitations. On savait qu'il avait avec lui son fils, et on
l'engageait à délasser un peu cet enfant de la
longue contrainte qu'il avait subie durant le temps
de ses études, en lui faisant passer quelques mois
à la campagne. En l'initiant aux voyages, c'était
lui procurer, disait-on, plaisir et instruction.

M. Saint-Giés goûta ces avis et accepta, mais
comme il désirait rendre le plaisir plus complet,
et qu'il voulait faire connaître à Alphonse l'une
des plus belles contrées de la France, il donna
la préférence à celui de ses amis qui l'invitait du
fond de la Provence.

En peu de jours donc le père et le fils eurent
fait leurs préparatifs de voyage, et leur chaise de
poste les emporta bientôt tous deux avec la plus
grande rapidité.

C'était bonheur pour le jeune écolier de respirer le grand air que n'infeste pas la population

des villes. Alphonse sentait palpiter son cœur,
comme l'oiseau bat de l'aile en retrouvant la vie,
bien qu'il fût encore dans une espèce de prison
roulante, néanmoins son regard joyeux et ébloui
ne se reposait pas moins avec délices sur ces
belles campagnes, qui se déroulaient autour du
chemin comme de longs rubans verts. Les goûts
de sa première enfance lui revenaient à la pensée,
et il se trouvait heureux de pouvoir, quand il
aurait atteint le but de son voyage, contempler le
ciel, suivre de l'œil un nuage, admirer une plante,
et donner enfin des heures d'extase aux pensées
qui bien souvent débordaient de son cœur.

Enfin, après quatre jours, ils arrivèrent au lieu
de leur destination, c'était à Hyères, pays enchanteur, terre fertile, toute couverte d'orangers et
d'oliviers à la pâle verdure, qu'une brise douce
caresse incessamment, c'était à Hyères !

« Mon père, mon père, s'écria Alphonse, ravi,
enthousiasmé, où m'avez-vous conduit? jamais,
non jamais, je ne m'étais formé une autre image

18

du paradis terrestre, quelle admirable contrée que
celle-ci, oh! que les hommes doivent être heureux
dans ce séjour splendide; oh! il n'est pas possible
qu'on puisse ici souffrir de la misère et de la faim;
l'homme n'a qu'à se baisser pour recueillir sa nourriture du jour; mon père, mon père, que tout cela
est beau; que Dieu est bon et grand! Voyez quelle
splendeur dans cet éblouissant paysage? Quel sublime peintre que le Créateur? Voyez cette vaste
plaine d'orangers où la vue s'égare, cette vaste
plaine qu'encadre cette mer azurée qui se confond
elle-même avec l'horizon si richement nuancé des
couleurs les plus vives; tournez-vous, mon père,
ici tout change d'aspect, ce n'est plus ni la verdure, ni le ciel, ni la mer, ce sont des montagnes pittoresques, qui s'élèvent jusqu'aux nues,
c'est la nature brute, effrayante, mais toujours admirable, toujours pleine de Dieu qui l'a formée!
oh que cela est beau! que c'est grand! que c'est
sublime! » Et M. Saint-Giés, ravi lui-même par le
tableau d'une magnifique nature et d'une vigou-
reuse végétation, souriait doucement à son fils, et
partageait tacitement l'exaltation du jeune homme.

Nos deux voyageurs étaient attendus par une société nombreuse ; aussi lorsque la voiture, après avoir parcouru d'immenses allées toutes ombragées par des platanes et des tilleuls séculaires, s'arrêta en face du perron de la maison de campagne, et qu'une foule de personnes élégamment vêtues vinrent au-devant des nouveaux arrivés, Alphonse sentit son cœur se serrer, il aurait voulu être seul avec son père dans cette délicieuse demeure, pour pouvoir méditer et causer ; il lui sembla que tout ce monde venait se poser entre lui et les plaisirs qu'il se promettait de goûter. Néanmoins il fit bonne contenance, et répondit à toutes les bienveillantes paroles qui lui furent adressées avec autant de modeste timidité que de grâce.

M. Rebert, le maître de cette magnifique propriété où ils étaient reçus, était dominé au plus haut degré par l'ostentation qui se glisse trop souvent dans le cœur de l'homme parvenu. Ce qu'il ambitionnait avant tout, possesseur qu'il était d'une immense fortune, c'était l'admiration et les hommages de tous ; aussi, sans presque laisser aux voyageurs le temps de respirer, il leur enuméra longuement toutes les beautés et tous les avantages attachés à sa propriété, remettant au lendemain le soin de la leur faire visiter en détail.

Alphonse, retiré enfin dans la chambre somptueusement meublée qu'on lui avait destinée, Alphonse, après avoir fait sa prière du soir, se livra bientôt au sommeil que la fatigue d'une longue route ne tarda pas à rendre très-profond. Levé le lendemain dès six heures du matin, l'enfant de Paris aurait bien voulu pouvoir se dérober à tous les yeux, sortir furtivement de l'enceinte du château pour explorer ces campagnes qui l'avaient charmé la veille, il aurait bien voulu aller contempler un beau site, d'un point de vue, il aurait bien voulu le pauvre enfant courir et s'ébattre dans ces vertes prairies toutes émaillées de fleurs ; mais bien qu'il fût encore étranger aux exigences de la société, Alphonse comprenait cependant qu'il ne pouvait pas se permettre cette licence, et qu'il se devait tout entier au maître du château.

Ainsi qu'il l'avait promis la veille, M. Rebert

commença dès le matin à s'emparer de ses nouveaux hôtes, il leur fit toucher au doigt, pour ainsi
parler, tout ce qu'il y avait de revenus et d'agréments dans sa belle habitation ; puis, après avoir
donné toute la journée entière à ce qu'il appelait
faire les honneurs de son castel, il laissa enfin
à M. Saint-Giés et à Alphonse la faculté de respirer
et d'agir à leur aise.

Si l'on nous a fait venir de si loin, pensait déjà
Alphonse, pour nous tenir prisonniers au milieu
de la liberté des champs, mieux valait cent fois
nous laisser à Paris ; aussi ce fut avec joie qu'il
entendit dire à M. Rebert : « Maintenant vous êtes
libres, ne vous gênez pas, vous avez le choix entre
la solitude de vos chambres, la société choisie de
mon salon et les longues excursions au-dehors ;
seulement je dois vous dire qu'aux heures des
repas, les sons d'une cloche vous avertiront de
vous joindre à nous. »

Alphonse se promit bien de mettre à profit cette
chère liberté qu'on lui laissait ; et le soir, quand

il fut réuni à son père, il lui fit part de la joie qu'il éprouverait à s'égarer dans ces belles campagnes qu'ils avaient admirées ensemble.

« Attends quelques jours encore, mon fils, lui dit M. Saint-Giés, attends, la politesse exige que tu ne paraisses pas trop pressé de t'isoler des personnes qu'une commune invitation a réunies sous le toit hospitalier ; je ne serai pas fâché d'ailleurs que tu sois à même d'étudier les bonnes manières, c'est un complément d'éducation, tu es ici avec des personnages tous d'une haute naissance, d'une grande fortune, il y a même parmi elles des illustrations ; ce sont des personnes qu'on tient à honneur de connaître, observe-les, et fais-moi part chaque soir de tes remarques, je t'écouterai. Il y a dans toutes les circonstances de la vie une étude à faire, tu vas ici soulever un petit coin du voile qui te cachait les hommes. C'est dans cette petite société, vraie miniature du grand monde, que tu pourras en découvrir les vices et les vertus, étudie donc, mon enfant ; pour l'homme réfléchi, pour le penseur, il n'y a de l'ennui nulle part, partout

il y a observation, travail, et par conséquent plaisir
et profit. »

Alphonse, tout joyeux d'avoir enfin une tâche à
remplir au milieu de ce cercle oisif, Alphonse, dès
le jour même, commença à jouer son rôle tacite
d'observateur.

Il eût été plaisant pour qui aurait lu dans le
cœur de ce tout jeune homme, de le voir ainsi
grave et réfléchi, au milieu de ce monde qui, se-
couant tout ennui, livrait au grand jour et avec
tant d'abandon toutes ses pensées, pendant les
longues heures des journées d'été si lourdes en
Provence, les vieillards se tenaient dans un des
angles du salon, devisant entr'eux, s'entretenant
tour-à-tour d'économie sociale, de politique, de
réforme parlementaire, et d'autres sujets non moins
graves et sérieux ; tous les jeunes gens, hommes
et femmes, formant tantôt des groupes séparés,
et tantôt se rapprochant tous et n'en formant qu'un
seul, s'occupaient de futilités, disaient de ces
riens charmants qu'on est convenu d'appeler faire

de l'esprit ; quelquefois même, emportés par le
désir d'appeler le rire et la gaieté parmi tous,
ils allaient jusqu'à ridiculiser tout ce qu'il y a de
saint et de sacré, soit dans les affections humaines,
soit dans les préceptes de la religion. Alphonse
se tenait toujours à l'écart, et comme un peintre
qui s'éloigne un peu de son modèle pour en mieux
saisir les contours et la physionomie, il observait
et crayonnait pour ainsi parler, dans son esprit,
tout ce qu'il remarquait en bien et en mal, et
le soir de ce premier jour d'observation, il disait
à son père :

« Voilà, ce me semble, des gens qui perdent
dans un vain loisir un temps bien précieux, je n'ai
pas entendu depuis que j'observe et que j'écoute,
je n'ai pas entendu sortir de la bouche de toutes
ces personnes une seule parole de sens, une seule
parole profitable à quelqu'un ; je crois, mon père,
que la vertu est seulement pour eux une question
de théorie et de forme. J'ai entendu citer mille
traits qui honorent le genre humain, et j'ai vu
des hommes, ceux-là même qui s'en faisaient les

narrateurs, y rester froids et impassibles, j'ai vu
des femmes les interrompre hardiment pour parler
d'une mode nouvelle. Il y en a même une qui a osé
dire : « Et que nous font à nous toutes ces choses,
ces récits sont étrangers à notre position sociale ;
s'il fallait s'attendrir pour tous ces dévouements,
porter secours à tout ce qui souffre, nous serions
bientôt dans un état à apitoyer les autres; » et alors,
mon père, tous ont applaudi et l'on a cessé cette
conversation, et l'on a parlé, et chacun alors a
été ravi et empressé d'écouter, et l'on a parlé des
gens qui se ruinaient en paris de courses de chevaux, de M. un tel qui avait plusieurs loges aux
principaux théâtres de la capitale; on a parlé des
fêtes resplendissantes qu'on donnerait cet hiver ;
on a fait avec une importance risible des projets
sans nombre, pour des toilettes dont le prix serait
suffisant pour sustenter pendant quinze années
des familles entières, et alors toutes les attentions
étaient éveillées, toutes les sympathies se répondaient. Folie !.... Folie !.... Pendant ce temps-là,
toutes les personnes âgées continuaient à parler
d'ambition, et passez-moi le mot, j'ai cru assister

à un cours d'égoïsme; car, à travers toutes leurs
phrases en apparence sociales et philantropiques,
je n'ai vu que l'intérêt individuel mis en question :
celui-là voudrait telle loi, parce que cette loi serait essentielle au perfectionnement de son usine;
ou l'amènerait à la réalisation d'une espérance
longtemps caressée en secret; en un mot, mon
père, le moi perçait dans tous les plans d'amélioration sociale; et cependant, en les entendant
parler, on s'imaginerait que tous ces hommes-là
prennent à cœur la cause de l'humanité. Il n'en
est rien, cette partie si intéressante de la société,
les pauvres, les faibles, les malades, les travail-
leurs, tous ceux là sont oubliés; leur position si
misérable ne les préoccupe guères, rien n'a été
proposé pour eux, aucune voix ne s'est fait entendre pour les défendre et les protéger. Comment
se fait-il donc, mon père, qu'il y ait tant d'indifférence et d'égoïsme dans le monde? Pendant
que j'entendais tous ces discours, je sentais s'élever dans mon cœur des sentiments d'une toute
autre nature. Je songeais au bonheur que j'aurais
éprouvé en faisant du bien à ceux qui souffraient,

en portant l'aisance dans des familles infortunées ;
et, dans mon cœur, je prenais la résolution de
fuir ces sociétés, où je ne pouvais qu'oublier les
devoirs sacrés que nous imposent la religion et
l'humanité. Je suis peut-être trop sévère, j'en ai
si peu le droit ; mais ne m'avez-vous pas habitué
à tout vous dire, ne m'avez-vous pas commandé
l'observation ? eh bien ? je vous communique mes
réflexions, reprenez-moi si j'ai tort et si je me suis
trompé. »

M. Saint-Giés garda le silence un instant, puis
il répondit à son fils :

« Cher enfant, dit-il, en retenant dans les
siennes les deux mains d'Alphonse, cher enfant,
je suis satisfait du résumé de tes observations ;
elles me prouvent que chez toi il y a déjà dans
ta jeunesse des pensées qui ne sont ordinairement
que les fruits de l'âge avancé et d'une cruelle expérience. C'est bien, mon fils, tes bons sentiments
te sauveront de bien des erreurs, peut-être aussi
du danger des passions ; mais, mon enfant, il faut se

garder toujours de juger trop légèrement les hommes ; il faut en tout faire la part des faiblesses
inhérentes à la nature humaine ; chercher la perfection dans l'homme, c'est demander l'impossible.
Ce serait ressembler à ces pauvres insensés qui
vont s'imaginant trouver un jour la quadrature du
cercle et le mouvement perpétuel. Non, mon enfant, la perfection n'est pas dans le monde, elle n'est
qu'au ciel ; il faut savoir tenir compte à l'homme
qui, au milieu d'un siècle d'égoïsme et d'une foule
d'ambitieux, sait retrancher quelque chose à son
moi, au profit de quelques-uns. Parmi les personnes que tu as rencontrées ici, il en est de
véritablement recommandables par leur vie privée
et publique, mais ce qu'elles ont fait et ce qu'elles
font est tellement fondu dans la masse, que c'est à
peine si la préoccupation générale en est frappée.
Tout cela se perd au milieu d'une société mal faite,
pleine de corruptions et de vices, et divisée par
tant d'intérêts partiels et divers. Jeter ainsi son
blâme avant d'avoir approfondi toute chose, ce serait avoir en soi peu de bonté ; ce serait alimenter
au fond de son cœur un sentiment de misanthropie

qui pourrait, toujours s'accroissant, nous rendre d'abord très-malheureux, et ensuite sans nous en douter nous rendre sur un seul fait l'ennemi du genre humain. Il faut, mon enfant, haïr les erreurs des autres, il faut plaindre ceux qui s'égarent, les conseiller et non pas les détester. Condamner sans appel une société qu'on croit mauvaise n'est point un acte de sagesse et de justice. Je fais peu de cas pour mon compte de ces moralistes de l'humanité, et qui ne font rien pour y apporter remède.

» Chaque enfant de la grande famille humaine doit ressembler à un guerrier fidèle, toujours prêt à combattre quand besoin sera; il ne doit pas plus que le soldat déserter son drapeau; il faut peu s'inquiéter de ce que peuvent faire et dire les autres et remplir son devoir. Le devoir de l'homme est de lutter courageusement avec les choses et la vie elle-même; le devoir du chétien est d'aimer et de secourir son semblable.

» J'aime en toi, mon fils, ce saint enthousiasme

pour le beau et pour le bon. J'aime à voir en toi ce feu sacré qui éclaire et vivifie une âme, comme le soleil éclaire et vivifie la nature. Sans cette généreuse ardeur pour ce qui est vrai et ce qui est bon, l'âme languirait dans une sorte d'apathie et de somnolence qui nuiraient au développement de toutes les grandes et généreuses idées. Garde-la, mon fils, cette noble ardeur comme une source d'où découleront pour toi de douces félicités et des joies profondes; conserve-la comme un don sacré de Dieu.

» Continue à observer, observe toujours; les hommes, vois-tu, ne sont pas aussi méchants qu'ils le paraissent; la société, assise sur de mauvaises bases, est souvent la cause de leurs erreurs et de leurs vices. Si l'on n'avait pas établi des exigences sans nombre, si l'on n'était pas convenu de placer le bonheur seulement dans l'argent, on ne les verrait pas sans cesse tourmentés par la pensée d'acquérir et s'élever sur les autres, sans en froisser quelques-uns. Puisses-tu, mon enfant, au milieu de cette tourbe agissante qu'on appelle le monde, conserver ta simplicité de cœur, la modération des désirs, et un profond amour du bien, de la charité pour tes frères. Crois-moi, Alphonse, par là tu plairas à Dieu, qui sait faire la part de la faiblesse de sa créature. »

Et il parla longtemps sur ce ton, l'excellent père; et le fils recueillait ses paroles avec bonheur et l'écoutait avec une religieuse attention et il fit de nouvelles observations qu'il soumit encore à M. Saint-Giés, toujours prêt à l'entendre et à le conseiller.

Pendant deux semaines entières, Alphonse ne se détacha pas une seule fois de la société de M. Rebert; chaque jour, c'étaient des invitations reçues de ses opulents voisins, et le maître y conduisait ses invités. Le jeune observateur pouvait ainsi étudier le monde sur un plus vaste théâtre; il se convainquit, sans pourtant l'oser encore dire à son père, qu'il n'était pas né pour faire partie de ce qu'il appelait tout ce beau monde; il pensait que ce n'était pas là remplir la condition de

l'homme, en un mot, que ce n'était pas véritablement vivre que de passer ainsi joyeusement
dans l'existence sans en supporter quelques charges,
sans exercer ses facultés dans des choses utiles et
profitables à tous, ou au moins au plus grand
nombre; il avait en lui quelque chose, une voix
secrète qui lui criait sans cesse : travaille, travaille, le temps fuit, la vieillesse arrive, fais en
sorte de laisser la trace de tes pas sur la terre;
fais en sorte que la génération future te bénisse
en prononçant ton nom; fais en sorte qu'en recevant ton âme immortelle, Dieu ne te regarde
pas comme un serviteur inutile.

Ces pensées agitaient constamment Alphonse, et
il lui tardait de se mettre à l'œuvre; une activité
dévorante faisait battre ses artères et bouillonner
son sang dans ses veines.

Un jour Alphonse obtint de son père la permission d'aller seul et à pied visiter une chapelle
consacrée à la sainte Vierge; il avait deux lieues
à parcourir, tantôt dans des vallées délicieuses

ombragées d'oliviers à la pâle et mélancolique verdure, et de grenadiers rouges de fleurs, tantôt au
milieu de montagnes agrestes toutes parfumées de
thyms odorants et d'herbes aromatiques; c'était
pour Alphonse un plaisir bien vif qui lui était promis; enfin, il allait pour une journée tout entière
vivre recueilli, il allait se détacher de ses chaînes
et se dégager des entraves qui lui pesaient aussi
lourdement que celles qui chargent les épaules d'un
pauvre captif.

Aussi, dès l'aube naissante, vêtu d'un petit habit
de chasse, le front couvert d'un large chapeau de
paille, un bâton à la main, il s'échappa du château
après avoir embrassé son père, et le voilà courant,
bondissant comme un chevreuil à travers la campagne. Le voilà portant alternativement son regard
sur la vallée, sur les monts et sur la mer qui
s'étendait au loin, comme une nappe argentée,
puis sur les fleurs pleines de rosée, que ses pieds
brisaient en passant.

Le soleil se levait pur et radieux; il jetait sur
toute la campagne qu'il illuminait mille couleurs

diaprées ; l'insecte bourdonnait encore sous la plante
où il voulait se cacher durant les ardeurs d'une
journée d'été ; l'oiseau battait de l'aile en gazouil-
lant sur le nid qui renfermait sa chère couvée,
comme la mère au matin caresse de l'œil le berceau de son nouveau-né. Le pâtre matinal jetait à
l'air quelques plaintives notes de son gosier, en
conduisant aux champs son troupeau ; la bêche sur
l'épaule, le cultivateur suivait lentement le sentier ;
tout était harmonie et bonheur dans ce paysage
enchanté. Alphonse en était ravi, et il allait, il
allait laissant errer sa pensée sur mille sujets
divers ; elle allait, cette pensée, tantôt aux choses
du ciel, tantôt aux choses de la terre ! Il admirait les magnificences de la création et se sentait
pénétré de la puissance et de la bonté de Dieu ;
il soupirait en songeant à l'inclémence et à l'ingratitude des hommes, pour des biens qui leur
étaient offerts de toutes parts, sans qu'ils sussent
en jouir, rapportant toute leur existence à leur
divin bienfaiteur.

Tout en réfléchissant et tout en bénissant le Sei-

gneur, Alphonse atteignit le but de son matinal
pélerinage ; il vit bientôt sur la hauteur de la colline et dans un site d'une beauté sans égale, il vit
se dresser devant lui la sainte chapelle de la Vierge ,
que le marin en partance ou au retour, salue avec
respect et vénération ; oh ! c'est qu'il sent bien
que, sur l'élément si plein de dangers et d'écueils
où il s'expose, il n'a pour espérance que le secours de la Vierge divine.

Alphonse s'adressa à l'ermite qui réside dans
un petit bâtiment attenant à la chapelle, pour en
ouvrir la porte aux jours de solennité religieuse
et plus souvent à de pieux visiteurs. Cet homme,
qu'un sentiment religieux et repentant à la fois
amène là, n'a pour soutenir sa chétive existence
que le fruit de l'aumône et les productions naturelles de la colline.

« Monsieur, dit Alphonse à l'ermite, veuillez,
s'il vous plaît, me conduire dans la chapelle ; »
et l'ermite, sans proférer une parole, se hâta
d'obéir.

Et Alphonse pénétra dans l'intérieur du monument saint.

Oh ! que la maison de Dieu a quelque chose de saint et de puissant qui pénètre dans l'âme, lorsqu'on en passe le seuil avec recueillement et amour ! On est saisi en entrant sous ces voûtes silencieuses d'un inexplicable sentiment ; l'esprit de la Divinité vient aussitôt habiter votre cœur ; devant vous disparaît le monde avec son cortége de folles vanités et de joies vaines et éphémères ; vous restez seul avec votre conscience et Dieu ; la méditation est profonde et la prière vient sur les lèvres sans effort ; elle y est abondante et facile, c'est qu'aucune distraction, aucune curiosité ne vous y font oublier Dieu ; et cependant les murs de la petite église sont couverts d'*ex voto*. Ce sont de petits tableaux peints sans art, il est vrai, mais représentant des individus échappés à une mort imminente, sauvés tout-à-coup par l'intercession miraculeuse de la Mère de Dieu ; ici ce sont des vêtements de malades suspendus aux colonnes de la chapelle ; ces malades à l'agonie ont eu foi et se sont recom-

mandés avec ferveur à la sainte Mère des douleurs,
et ceux-là ont été sauvés comme par miracle; ils
sont sortis pour ainsi dire de leur tombe, et ils
sont venus eux-mêmes mouiller de larmes de reconnaissance les dalles de l'humble nef, et apporter en triomphe quelque don qui pût en per-
pétuer le saint souvenir. Ici des crosses appendues
aux murs, là des béquilles, de petits bâteaux,
des chaises à bras, sur lesquelles sans doute,
avaient végété, souffert et langui longtemps des
infirmes que la foi avait miraculeusement rendus
au mouvement, à la santé, à la vie.

Après qu'il eut récité une fervente prière, Alphonse, accompagné du pauvre ermite, visita tout
en détail; son cœur était profondément ému, et
de grosses larmes mouillaient ses paupières.

C'est une chose remarquable, pensait Alphonse,
que la foi n'habite plus pour ainsi dire que dans
les cœurs profondément affligés; les heureux vous
négligent et vous oublient, ô mon Dieu; c'est la
souffrance qui forme la chaîne qui unit les hommes

à leur Créateur. Si l'on ne connaissait pas les larmes, on ne songerait pas à la prière, on ne la connaîtrait seulement pas; la foi habite la cabane du laboureur, la mansarde du pauvre, elle est auprès du lit des malades, des agonisants. Elle s'exile des lieux où règnent l'orgueil et le luxe. Dans ce solitaire et pieux asile, dans ce sanctuaire de foi et d'espérance, ce ne sont pas les heureux qui sont venus s'agenouiller sur ce sacré parvis; la souffrance, la pauvreté, la maladie viennent plutôt le mouiller de ses pleurs, et ceux-là qui ont pleuré et prié, ont emporté, au fond de leur âme croyante, une consolante, une sublime espérance !

« Oh ! heureux, mille fois heureux ceux qui croient en vous, ô mon Dieu ! » Ainsi pensait Alphonse, pendant les heures trop courtes qu'il donna à ce pieux pèlerinage ; puis, après s'être recommandé aux prières du vénérable ermite, il descendit la colline.

Il n'avait fait encore que quelques pas, lorsque le ciel si pur, et d'un bleu si azuré et si profond,

s'obscurcit tout-à-coup par des nuages noirs qui
fuyaient comme de gigantesques fantômes ; un vent
d'orage s'éleva du sein des airs ; les oiseaux effrayés
faisaient entendre des cris douloureux , et du haut
de la cime des pins venaient s'abattre aux pieds
d'Alphonse ; bientôt, hélas ! la tempête se dessina
plus violente, le vent s'était changé en ouragan furieux , il courbait des chênes séculaires ; d'intervalles en intervalles , on entendait gronder avec
fracas le tonnerre , et de larges gouttes de pluie
pressaient le voyageur de chercher un abri bienfaisant.

Alphonse , seul au milieu de cette nature désolée , marchait d'un pas rapide ; l'eau ruisselait
de son chapeau de paille sur ses légers vêtements,
et rien , rien, pas une chaumière , pas une maison,
dans la fausse direction qu'il avait prise au hasard,
et qui l'éloignait à coup sûr du château de M. Rebert. Il parcourait, grelottant et effrayé , une lande
sans issue et sans limite. « Où vais-je, mon Dieu,
où vais-je, » s'écriait-il dans sa détresse , et le
malheureux jeune homme songeait à l'inquiétude

de son père, et son inquiétude à lui s'en augmentait encore, et il marchait toujours et plus vite. Tout-à-coup il se trouva près d'un champ cultivé, et il bénit Dieu; ce coin de terre, que l'homme devait ensemencer, lui semblait un oasis dans le désert, et il éprouva à sa vue quelque chose de cette joie qu'éprouve le proscrit en touchant la terre connue, la terre aimée. Ici, il y a du travail, pensa Alphonse; ici, il doit y avoir des frères, des hommes. Et il pénétra dans les guérets que la pluie avait amollis au point de ne pouvoir faire deux pas sans rester cloué sur la place. Sa marche devint forcément plus difficile et plus lente, et les heures fuyaient, le mauvais temps continuait et la nuit approchait. « Seigneur, ayez pitié de moi, » criait du fond du cœur Alphonse; il aperçut enfin au loin, derrière un bouquet de mûriers, une petite ferme. C'était sans doute la demeure de quelque pauvre paysan. Alphonse redoubla de courage, et bientôt il arriva devant la cabane hospitalière.

« Bon Jésus! s'écria un brave homme déjà courbé

par l'âge, un vieillard qui se tenait sur la porte
de sa chaumière. Bon Jésus ! dans quel triste état
vous êtes ; entrez, entrez, je m'imagine que vous
vous êtes égaré du bon chemin ! Par un temps comme
celui-ci, voyager ! » Et l'homme hospitalier, avant
qu'Alphonse eût pu dire une parole, l'entraînait
au milieu de sa famille, elle était nombreuse ; le
vieillard qui avait introduit Alphonse en était le
chef vénérable ; son fils avait neuf enfants, trois
filles et six garçons, tous grands, tous forts et
vigoureux, tous pliés au travail, leur seule fortune.
C'était en un mot une famille patriarchale comme
celle d'Abraham.

Alphonse fut accueilli par tous avec joie. L'hospitalité, cette vertu des premiers temps et perdue
de nos jours, était encore là un saint devoir, une
obligation sacrée pour tous ces honnêtes et labo-
rieux agriculteurs ; aussi, c'était à qui s'empres-
serait davantage auprès d'Alphonse ; c'était une
constante émulation d'égards, une touchante rivalité de soins dont il était devenu subitement l'objet.

Emu, touché profondément, Alphonse ne pou-

vait guères s'exprimer autrement que par des regards affectueux et des sourires reconnaissants ; un
grand feu de sarments fut allumé , on sécha ses vêtements , et lorsqu'il eut témoigné le désir de reprendre sa route pour rentrer au château de M.
Rebert , le vieillard s'y opposa d'abord ; il objecta
la nuit qui s'approchait , la distance qui le séparait
encore de la propriété de M. Rebert , et la route
qui ne devait plus former qu'une fangeuse mare.
« Restez avec nous durant cette nuit , dit le bon
vieillard , et l'un de mes enfants ira rassurer votre
père. Dam ! nous n'avons pas de lit mollet à vous
offrir ; c'est vrai , nous ne pouvons vous donner qu'un
tas de paille fraîche , mais on dort bien là-dessus ,
allez ; d'ailleurs , nous vous l'offrons de si grand
cœur , qu'il serait mal à vous de vous en offenser
et de nous refuser ; demain , quand vous aurez bien
reposé , vous serez plus dispos , le soleil luira de
nouveau , et vous pourrez alors sans danger retourner chez vous. »

Alphonse était plein de gratitude pour tant de
bonhomie et d'affectueuse attention ; mais il refusa ,

il craignait que le messager n'alarmât son père qui pourrait le supposer malade, et il se décida bien qu'à regret à partir.

« Je reviendrai, leur dit-il, vous revoir, vous serrer la main ; mais songez à mon père, à mon excellent père, et de grâce laissez-moi partir. « Eh bien ! dit le vieillard, partagez notre frugal souper, et parlant à l'un de ses fils, Ambroise, dit-il, va préparer *cocotte* pour ce trajet, tu mettras ce jeune monsieur en croupe, et par ce moyen tu lui éviteras de la fatigue, et tu abrègeras le temps.

» — Je retiens pour cette nuit mon guide, dit Alphonse, demain il me ramènera parmi vous. »

Toute la famille fut heureuse et charmée de cette promesse et souscrivit à tout ce que voulut Alphonse. En quelques minutes *cocotte* fut ajustée, et les deux jeunes gens se mirent tous deux fraternellement sur le dos de la pacifique jument, et après une heure environ de marche, au milieu de la nuit et de mauvais chemins qu'Alphonse ne reconnut pas, ils arrivèrent au château.

On comprend la joie de M. Saint-Giés ; il re-
voyait sain et sauf son fils, pour lequel il avait
éprouvé de mortelles angoisses durant l'orage qui
avait ravagé le verger de M. Rebert. Ambroise fut
accueilli et fêté au château ; le jeune paysan était
confus de tant de bontés. « Pourquoi, dit-il naïvement, me donner tant d'éloges pour le peu que
j'ai fait ; messieurs, est-ce qu'à ma place vous
n'auriez pas agi de même ? »

Le vieillard de la chaumière avait dit vrai à
Alphonse. Le jour suivant, dès le matin, le soleil
s'était montré plus radieux que jamais, la campagne avait emprunté plus de splendeur et plus
d'éclat de l'orage de la veille, et comme une
personne longtemps désolée, qui sourit après avoir
versé un déluge de pleurs, elle n'en paraissait que
plus gracieuse et plus belle.

Alphonse avait obtenu de son père la permission
de passer chez l'estimable cultivateur la journée
tout entière. Dès sept heures du matin, il chemi-
nait côte à côte à côté d'Ambroise, tandis que

cocotte, joyeuse de ne sentir aucun importun fardeau presser sur elle., s'en allait broutant dans chaque rameau d'arbuste qui bordait le chemin.

Les deux jeunes gens causaient, et Alphonse admirait le sens droit et la bonté de cœur de son aimable guide ; il trouvait un grand plaisir dans la conversation de cet enfant de la nature, qui ne soupçonnait en rien la corruption des grandes villes ; au fond de son âme vierge, résidaient l'amour de Dieu, du bien et de la vérité ; tout en lui respirait innocence, paix et bonheur. Le vieux Marcel, c'est ainsi que se nommait le grand-père d'Ambroise, accueillit Alphonse avec joie. « Mes enfants, dit-il à tous les siens, préparez un bon dîner pour notre aimable visiteur. » Et aussitôt tous se mirent à l'œuvre ; on tua poulets et lapins, malgré l'opposition d'Alphonse qui finit par laisser faire, pensant bien qu'un refus formel blesserait la délicate susceptibilité de toutes ces bonnes créatures.

Pendant qu'on apprêtait le festin, Alphonse se promenait avec le vieux Marcel autour de la maisonnette ; celui-ci, fier comme un potentat sur son trône, traversait avec un air de majesté le champ qui lui appartenait ; il parlait à Alphonse des améliorations qu'il voulait tenter pour la fertilité et l'accroissement de ses terres. « J'abattrai, disait-il, ces arbres de peu de valeur, et je placerai là des mûriers ; le mûrier est un arbre de grand rapport ; et sa culture apportera une plus grande aisance dans notre famille. Nous avons ici, monsieur, la santé, le travail, la paix, et par-dessus tout le calme de la conscience ; n'est-ce pas tout ce qu'il faut pour être heureux ?

» — Oh ! oui, dit Alphonse, je vous admire.

» — Oh ! écoutez, reprit le vieillard, j'ai eu aussi moi mes erreurs et mes vanités. Croyez-moi, mon jeune monsieur, le bruit et le retentissement, je dirai presque la corruption des villes, pénètre un peu jusque dans les plus chétifs hameaux. A dix-huit ans, dam ! il y a bien longtemps de cela, puisque je n'ai rien moins à cette heure que soixante dix années, eh bien ! à dix-huit ans, comme je vous disais, je n'étais pas trop mal

tourné ; les travaux des champs m'ennuyaient, je
ne sais quel serpent de vanité m'avait mordu au
cœur ; il m'était insupportable à penser que je devais laisser écouler ma belle jeunesse dans ce que
j'appelais l'obscurité, la laisser se flétrir sous les
ardeurs du soleil, et constamment penchée sur la
terre, et je m'en allais chaque jour à la vigne sans
goût, triste, rêveur et désolé. Un matin, mon père
m'envoya à la ville ; j'allais à sa place régler une
affaire avec le propriétaire duquel il était le fer-
mier ; mon voyage fut long, la ville était éloignée
de nos contrées ; enfin j'arrivai. Que vous dirais-
je ? Quinze jours de résidence dans la ville, quinze
jours d'observation et de repos, me guérirent ra-
dicalement du double mal de la fainéantise et de
la vanité qui m'obsédaient, en voyant s'agiter autour de moi tant de malheureux, rongés par mille
soucis ambitieux et sans cesse renaissants, en les
voyant se donner tant de mal pour courir après la
fortune et les plaisirs qu'elle procure, et qu'ils
ne goûtaient pas assez selon leurs désirs immo-
dérés ; en voyant notre propriétaire lui-même si
triste, si ennuyé et si souffreteux au milieu de

ses richesses ; en le voyant malade d'oisiveté, plus
misérable au fond que mon père, qui chantait toujours en travaillant ; en comparant l'état de l'agriculteur à celui de l'habitant des villes, je me surpris à m'appeler un grand nigaud ; et lorsque je
revins dans les champs, je bondis d'aise et de
joie, je rentrai dans mon véritable élément, et je
ne regrettai plus rien, et me remis à l'ouvrage
avec ardeur. Ici, voyez-vous, nous sommes plus
près de Dieu, plus près du soleil ; les agriculteurs
sont les enfants bénis du Seigneur. L'air, la nature,
tout cela nous est donné avec abondance ; exempts
d'ambition, nous n'avons aucun souci rongeur, et
quand la mort vient, nous regardons le ciel avec
joie, nous rendons à Dieu une vie que nous avons
cherché à rendre utile ; nous pensons que Dieu
prendra en pitié l'homme qui a baigné la terre
de ses sueurs, qui a travaillé pour lui obéir et
lui plaire, et qui s'est appliqué à remplir ses devoirs et à supporter, pour son amour, les peines
de la vie.

» — Oui, oui, digne homme, s'écria Alphonse,

il vous bénira. » Et il serra dans les siennes les mains calleuses et tremblotantes du vieux Marcel.

Tout en parlant de la sorte, Marcel conduisit Alphonse dans une pauvre maison d'agriculteur, bâtie sur le versant d'une petite et pittoresque colline ; les habitants de cette maisonnette étaient parents du vieux paysan : « Eh ! bonjour, mes amis, dit Marcel, en mettant le pied sur le seuil ; » et tout le monde aussitôt s'empressa autour de l'arrivant, et les enfants, qui étaient en grand nombre, s'approchèrent du vieillard : « Bénissez-nous ! bénissez-nous ! disaient-ils, vous qui êtes pour nous tous une sainte providence terrestre ! » Et Marcel, tout ému, étendit la main sur toutes ces jeunes têtes et les baisa tous au front. Ce tableau si touchant de la vieillesse respectée par l'enfance, et de l'enfance bénie par la vieillesse, émut singulièrement Alphonse ; puis, lorsque Marcel eut parlé pendant quelques minutes à toutes ces bonnes gens, il sortit de la maisonnette.

« Ce sont d'excellentes créatures de Dieu, » dit-il à Alphonse, lorsqu'ils se remirent en marche.

21

» — Et il paraît qu'ils vous aiment, dit Alphonse.

» — Dam ! ils sont reconnaissants ; c'est que, voyez-vous, la reconnaissance a déserté les villes et s'est venue réfugier dans les cœurs simples des agriculteurs.

» Il y a trente ans environ, l'orage, un orage, allez, bien autrement affreux que celui dont vous avez failli devenir la victime, un orage donc ravagea complètement le petit coin de terre d'Etienne, mon cousin ; il n'y avait plus que des pierres dans le champ où tout prospérait la veille encore. Oh ! nous avons aussi à la campagne de désastreuses révolutions, le mal est toujours à côté du bien. Mon pauvre parent, abattu sous cette calamité inattendue, voulait mourir ; désespéré, il voulait tout abandonner et s'éloigner à jamais de son pays. Je courus sur ses pas ; « Arrête, lui dis-je, et rougis de ta pusillanimité. Vois-tu, tant que l'homme a des bras, c'est une faiblesse, une lâcheté à lui de rejeter l'espérance ; si tu as une infirmité, une

paralysie, eh bien, pleure et prie, car il n'y a
plus que Dieu qui puisse te porter secours; mais
comme tu n'en es pas là, Dieu merci, reconstruis
et travaille, et Dieu alors te viendra en aide. »

» Il m'écouta en silence et rougit de honte; il
me serra dans ses bras : « Ecoute, lui dis-je, j'ai
cinquante écus chez moi, tu en prendras la moitié
pour secourir ta famille, et nous allons travailler
ensemble à déblayer ton champ, j'ai en sac quelques semences, nous partagerons, tu verras, tu
verras. Que vous dirai-je ? mes enfants et moi nous
l'avons aidé de nos bras; en cinq mois de temps
son champ pierreux reverdit, et la récolte fut si
bonne qu'elle l'indemnisa au-delà de nos souhaits.
Pauvre Etienne, comme il était heureux ! J'ai tort
de vous dire tout cela, parce qu'enfin je n'ai fait
que remplir un devoir, et qu'il est mal de pu-
blier le peu de bien qu'on a fait.

» — Vous êtes un digne homme, s'écria Alphonse, en essuyant une larme, je vois, continua-t-il après un court silence, que si le champ

de votre parent a prospéré, sa famille s'est aug-
mentée aussi. Tous ces enfants......

» — Oh ! ceci, je puis vous le dire, cette histoire est toute en l'honneur d'Etienne. Ces enfants
ne sont pas d'Etienne, ils ne lui appartiennent
qu'au titre de pitié charitable ; c'est un beau trait,
un trait sublime dans la vie de mon parent, et je
dois vous le faire connaître.

» Il y avait au petit hameau le plus voisin une
pauvre veuve chargée de quatre enfants en bas-âge ;
cette femme ne trouvait sa nourriture du jour et
celle de ses enfants que dans le minime salaire
de ses journées chez divers paysans ; elle sarclait,
dès le point du jour jusqu'à la nuit, les haricots,
les pommes de terre, elle était infatigable. Hélas !
quelquefois aussi elle avait poussé la charrue et
la brouette, c'était pitié que de la voir ainsi, faible
et débile créature, se briser sous des travaux qui
sont seulement du ressort de l'homme. Eh bien,
cette pauvre mère y laissa la vie ; accablée, elle
tomba un jour pour ne plus se relever.

» Etienne apprend qu'elle est au lit, il court chez elle, elle était bien près de finir : « Mes enfants, criait-elle, mes enfants, qui se chargera de mes pauvres enfants ? Oh ! la mort qui devait ainsi faire quatre orphelins, la mort dut paraître bien dure et bien déchirante à cette mère infortunée.

» Saisi de compassion, Etienne s'écria : Mourez en paix, sainte femme ; vos enfants je les recueille et les protègerai, ma femme sera leur mère, je vous le jure !

» Ce qui fut promis fut accompli ; Etienne est devenu le père de cette jeune famille, et bien souvent, dans les rudes saisons d'hiver, j'ai vu le charitable et bienfaisant Etienne implorer du travail en qualité de simple journalier, et cela pour donner du pain aux enfants de la veuve défunte. C'est une belle et sainte action celle-là !... qu'en dites-vous, mon jeune monsieur ?

» — Je dis, s'écria Alphonse, que la vertu est plus particulière et plus commune dans la classe pauvre et travailleuse que dans toute autre, et que

c'est une honte à nous de ne point nous laisser
entraîner par de si pieux et de si nobles exemples.
Je dis comme vous, que la corruption et l'égoïsme
se trouvent surtout dans les villes; je dis que
l'ambition des hommes étouffe en eux toute générosité qu'ils ne comprennent pas, ou ne veulent
pas comprendre, ce qui revient au même, la sainte
mission que le Créateur leur a imposée, qu'ils
rompent chaque jour la chaîne de la grande famille, et qu'il ne peut plus régner parmi les hommes que confusion et désordre. J'ai bien peur que
ce mal existe toujours, dit en soupirant le sensé
vieillard.

» — Ne désespérons pas de l'avenir, répliqua
aussitôt l'enthousiaste jeune homme. »

Quand les deux promeneurs rentrèrent sous le
toit de chaume de Marcel, la table était dressée,
le couvert mis, tout était reluisant et splendide de
propreté, le repas se fit joyeusement; le vieillard,
entouré de ses nombreux enfants, ressemblait avec
son air vénérable et sa laineuse chevelure blanche,

à un patriarche, animé de l'esprit de Dieu ; ses
paroles sentencieuses n'avaient rien de trop aus-
tère, il parlait avec une aimable bonté qui attire
toujours et n'attriste, ni ne rebute jamais.

Alphonse éprouva mille fois plus de gaieté pendant la durée de ce repas rustique, offert de si
grand cœur, que dans les dîners ostentueux de
M. Rebert.

Et quand le soir vint, il reprit la route du
château avec tristesse, et sans la pensée qu'il allait
embrasser un père bien-aimé et si digne de l'être,
il aurait ralenti sa marche. Jamais encore son esprit
déjà si mûr n'avait suivi un cours de réflexions si
sérieuses et si profondes ; jamais il n'avait pensé à
établir une comparaison entre les classes si distinctes et si diverses de la société ; jusque-là, il est
vrai, il avait été frappé de l'égoïsme des heureux
de la terre, il n'avait presque rien observé au-dehors, au-delà des salons. Il ne soupçonnait pas
que loin de ce monde si vaniteux, si brillant et
surtout si indifférent aux misères du plus grand

nombre, il existait en réalité des pauvretés qui
vivaient à l'ombre de leurs vertus modestes, des
pauvretés qui pouvaient être utiles, et des personnes qui pratiquaient le bien sans ostentation,
sans bruit, sans éclat, seulement pour le plaisir
si pur et si doux de faire le bien; des hommes
enfin qui deviendraient illustres par leur seule
humanité s'ils n'étaient enveloppés, pour ainsi
parler, dans leur pauvreté elle-même; il ne douta
plus du cœur des hommes, mais il pleura sur les
fautes de la société. Ce soir-là, dans son court trajet
du toit de chaume au château, Alphonse agita lui
seul la question si grande de son avenir à lui; il
arrêta dans sa pensée la carrière qu'il suivrait désormais, dans laquelle il devait seulement trouver
l'estime de tous les hommes honorables, la paix
et le bonheur.

Ce fut dans cette situation d'esprit qu'il aborda
son père et la société réunie dans le salon.

Pendant le mois qu'il passa encore en Provence,
il visita souvent les chaumières de Marcel et

d'Étienne, il en sortit toujours emportant avec lui
de précieuses leçons d'humanité, de patience et
de courage; il n'en était pas de même après les
fêtes et les parties de plaisir; il se sentait alors au
cœur un ennui mortel, un vide immense, et il
lui semblait que le poids de toutes ces folles,
oisives et nulles existences, pesaient tristement sur
son âme.

Enfin le mois d'octobre arriva, les feuilles jau-
nies couvraient le sol des campagnes, le vent déjà
bien froid retenait les invités de M. Rebert dans
les salons, on ne devait plus guères espérer des
promenades et des fêtes en plein air, et l'on songea
à reprendre le chemin des villes.

Après avoir laissé des souvenirs matériels et d'autres qui, nés de sympathies bien vives de cœur,
ne devaient plus s'effacer, après avoir serré avec
regret et avec effusion les mains de tous ces bons
et naïfs cultivateurs qui l'aimaient, Alphonse et
son père se séparèrent de M. Rebert, et ils re-
tournèrent aussi à Paris.

Après un an environ de fréquentation du monde ,
pendant lequel Alphonse ne cessa de nourrir son
projet , M. Saint-Giés interrogea son fils sur l'état
qu'il préférait :

« Tu es en âge , lui dit-il , de choisir toi-même,
d'ailleurs , ta précoce sagesse t'en donne le droit ;
tu as dû , depuis ta sortie du collége, jeter un
regard approfondi sur la vie ; tu as vu , observé et
réfléchi. Maintenant , dis-moi, Alphonse , vers quel
but tu veux marcher ; nous sommes riches, mais
d'un instant à l'autre l'adversité peut fondre sur
nous ; l'adversité est comme la mort, nul ne peut
dire qu'il peut s'y soustraire ; d'ailleurs, l'homme
doit apporter sa petite part d'utilité à la grande
famille ; l'inaction est contraire à la nature humaine , l'activité entretient et double les facultés
du corps et celles de l'esprit. Parle, je t'écoute :

» — Mon père , répliqua Alphonse , combien je
suis touché de vos bontés, puisque vous voulez bien
me laisser le libre choix d'un état , c'est faire beaucoup pour mon bonheur ; depuis longtemps j'ai ré-

fléchi à l'important sujet de prendre une position dans le monde, et maintenant mon goût est invariable, je suis irrévocablement fixé. Mon père, je veux devenir un agriculteur. La nature a des secrets merveilleux qui doivent mettre sans cesse en éveil l'attention des hommes, et puis, quelle satisfaction pour moi, quelle gloire à la fois grande et modeste de rendre la terre plus productive, de simplifier les moyens de culture, d'ennoblir, de relever cet art de l'agriculture encore si méprisé par la foule, si négligé, si oublié par tous ! Oh ! je regrette que mes études n'aient point été dès longtemps dirigées vers ce seul et unique but.

» O mon père, sans plus tarder, permettez que j'aille prendre place dans une ferme modèle, et j'étudierai avec ardeur ; quel bonheur pour moi quand je pourrai penser que, par mes travaux et par mes observations, j'aurai servi à mettre en progrès un art si utile et si bienfaisant, un art dont s'occupe si peu le monde frivole et égoïste. Cette vie simple et sans cesse active convient à mes goûts et aux penchants de mon cœur ; sans cesse, en présence et en admiration devant les œuvres de Dieu, je deviendrai meilleur à coup sûr, je fraterniserai avec ces hommes au dos voûté et aux mains rudes et calleuses par le travail, et si un jour je parviens à faire naître chez les grands, chez les gouvernants, quelques profondes sympathies pour la classe si utile et si laborieuse des agriculteurs, ce serait déjà un grand bienfait dont je m'enorgueillirais; et puis, mon bon père, j'ai de grands projets pour l'avenir, des projets que vous approuverez, vous dont le but unique de toute votre vie a été de pouvoir concourir au bonheur de l'humanité.

» — Je t'approuve, mon fils, dit M. Saint-Giés, et je souscris d'avance à tous tes désirs, tu as choisi là une bien noble et bien belle profession.

Alphonse passa plusieurs années dans une ferme modèle, vêtu comme un simple paysan; levé avant l'aurore, on le voyait prendre part aux plus grossiers travaux des champs; quand ses bras restaient oisifs, son intelligence s'exerçait à l'étude théorique de l'agriculture. Enfin il obtint des prix flatteurs dans divers concours, et il honore en ce moment son pays, sur lequel il a répandu d'immenses bienfaits. Souvent il disait à son père : « Béni soit l'orage qui m'a conduit dans la chaumière du vieux Marcel ; c'est cet homme pieux, sage et éclairé qui a décidé de ma vocation. »

NOTRE-DAME

DE BON-SECOURS.

Un matin, on frappait à la porte d'une maisonnette isolée dans les bois, près d'une petite ville
assez voisine de la capitale.

« C'est le facteur, dit une petite fille qui regardait par la fenêtre.

» — Oui, mamselle, c'est le facteur qui vous
apporte une lettre de Paris : *A madame, madame
Léridan, à la maison blanche, près et par Senlis.*
(*Oise*).

» — Oh! ciel! répondit de l'intérieur une voix

faible et souffrante, c'est de notre cher Théodore. »

Et la même voix, après un instant de silence, s'affaiblissant, comme si elle eût craint d'être entendue, continua sur un ton plus pénible :

« Une lettre ! une lettre de Théodore ! et nous n'avons pas trente centimes pour la retirer ? que va penser de nous le facteur ?.... Il parlera, et tout le monde saura bientôt notre misère.... »

Le facteur, qui n'avait rien perdu de ces paroles, quelque soin qu'on eût mis à les lui dérober, cria qu'on le faisait trop attendre, jeta la lettre dans la maison, à travers la fenêtre, et s'encourut à larges jambées.

« Ton pauvre frère se sera privé de dîner pour affranchir sa lettre, reprit la voix faible et souffrante ; apporte-la-moi, Emeline ; ce cher Théodore nous épargne une honte mille fois plus cruelle que la misère et la faim. Assieds-toi près de moi, mon enfant, et lis ; car mes yeux se remplissent de larmes, et je ne saurais démêler un seul mot. »

Emeline s'assit sur le lit de sa mère malade.
Celle-ci s'efforça de se lever sur son séant, afin
de pouvoir au moins contempler les caractères tra-
cés par la main de son fils, et pour se soutenir,
elle enlaça de ses deux bras pâles et décharnés le
cou de sa chère Emeline.

« Pauvre enfant ! dit-elle avec un profond soupir, et en fixant sur la jeune fille un long regard
de tristesse ; si jeune encore, et avoir bu le calice
de toutes les douleurs ! Fleur à peine éclose, et
déjà près de s'effeuiller sous le souffle des vents
furieux ! Si bonne, si vertueuse, et avoir tant à
souffrir !.... Mon Dieu, pardonnez-moi, mais je
sens toute ma confiance défaillir ! »

Et la pauvre mère retomba presque inanimée
sur sa couche inondée de ses larmes.

« Ma mère, ô ma mère, dit Emeline en la cou-
vrant de ses baisers, et en confondant ses pleurs
avec les siens, toujours ces cruelles pensées, toujours ces réflexions désolantes qui ne peuvent
qu'aggraver votre mal et notre position. Pourquoi

vous préoccuper de moi, qui suis jeune et bien portante? pourquoi me plaindre tant et m'affliger encore davantage? Ne suis-je pas mille fois trop heureuse, tant que je serai auprès de la plus tendre et de la meilleure des mères? Le ciel nous prendra en pitié, je l'espère, je l'en prie tous les jours, et ce matin, après avoir récité ma prière à la sainte Vierge, j'ai cru entendre sa voix qui me disait au fond du cœur : « Encore un peu de patience, mon enfant, je m'occupe de toi, et bientôt tu me chanteras le cantique de la reconnaissance.

» — Ange qui console mon malheur, et qui soutiens ma foi, oui, je le crois, le ciel te bénira, et je te devrai mon bonheur et mon salut, reprit Mme Léridan, en serrant sur son cœur la douce main d'Emeline. »

Elle sentit alors la lettre de Théodore qu'elle retira vivement, pour la porter à ses lèvres, et qu'elle se mit à considérer avec amour.

« Elle n'est pas affranchie! s'écria-t-elle, le facteur se serait-il douté?.... Ah! Emeline, il va

22

revenir; cours à Notre-Dame de Bon-Secours, jette-
toi à ses pieds, pleure, gémis, dis-lui que nous
n'avons d'espoir qu'en elle. Depuis hier, nous
avons consommé notre dernier morceau de pain,
dépensé notre dernier sou, et... » Les pleurs
étouffèrent la voix de Mme Léridan.

« Mais, ma mère, vous désespérez encore de
la Providence, ne nourrit-elle pas les oiseaux du
ciel, et comment laisserait-elle périr de faim ses
enfants, dont elle a dit qu'un seul cheveu ne tom-
berait pas sans sa permission ?

» — Il est vrai, ma fille, mais qui nous don-
nera notre pain de ce jour ?

» — Il est matin, ma mère, et nous ne déjeûnons jamais avant onze heures. D'ici là, le ciel
peut bien nous venir en aide.

» — Nous déjeûnons ! pauvre enfant ! Depuis
plus de dix jours un peu de pain trempé d'eau
est ta seule nourriture, et ce peu de pain nous
manque aujourd'hui. Qui nous l'apportera ?

» — LA PROVIDENCE , » dit une voix inconnue ,
et en même temps un bruit se fit entendre dans
la chambre , comme de quelque chose qui eût
tombé sur le plancher.

« Quelle est cette voix ? demanda la malade ,
en tressaillant et en avançant la tête hors de son
lit. Qu'est-ce qui vient de tomber dans notre
chambre ?

» — Voyez, ma mère , répondit Emeline en lui
remettant un papier qu'elle venait de relever.

» — Une pièce de cinq francs ! dit Mme Léridan ,
mais d'où nous peut venir cette aumône ? Car c'est
une aumône , ma fille , continua-t-elle en soupirant et en cachant son visage dans ses deux mains ,
une aumône à la veuve et à la fille du comte de
Léridan !.... Mais regarde vite à la fenêtre , et vois
si tu ne découvriras point quelqu'un. »

Emeline n'aperçut rien , mais on entendit les
pas d'une personne qui s'éloignait précipitamment.

« Ce serait outrager le Seigneur , et faire injure

à cette personne bienfaisante, dit l'infortunée comtesse, que de repousser cet argent....

» — Qui nous vient si fort à propos, dit tout
bas Emeline. Ma pauvre mère se meurt de besoin,
et elle est toujours aussi fière que quand nous
avions trente mille francs de rente. Pour moi,
j'avais bien faim, et je n'osais pas le lui avouer.
Dans quel état j'ai l'estomac! du pain sec et à
l'eau depuis dix jours! Oh! je vais bien nous restaurer : j'achetterai un bon petit pot au feu; ma
mère prendra le bouillon, et nous aurons de la
viande pour deux ou trois jours. Mais la lettre de
mon frère que nous oublions !

» Mère, continua-t-elle en élevant la voix, est-
ce que nous ne pensons plus à la lettre de Théodore? Ce cher frère, c'est la première fois que
nous le laissons si longtemps à l'écart. Voyons vite
ce qu'il nous écrit, et je me hâterai ensuite d'aller
faire bonne provision. »

Emeline lut donc la lettre qui était ainsi conçue :

Paris, 6 juillet 1839.

« TENDRE MÈRE,

» Je viens de voir le vénérable abbé ***, le
meilleur-ami, le consolateur, le père des jeunes
gens. Il m'a embrassé comme si j'eusse été son
fils, m'a beaucoup questionné sur le sort de ma
famille, qu'il savait n'être pas heureuse, et m'a
annoncé qu'il allait écrire à M. le curé de Senlis,
pour lui recommander deux personnes si dignes de
toute sa sollicitude. Il m'a présenté hier chez un
célèbre avocat de ses amis, qui lui a demandé un
jeune homme comme moi, pour travailler dans
son propre cabinet et sous ses yeux, à une affaire
de la plus haute importance.

» Je crois que c'est un mémoire à rédiger dans
un grand procès ; je dois me mettre à l'œuvre dès
aujourd'hui ; je tâcherai de m'en tirer avec honneur, et j'ai promis un cierge à Notre-Dame de
Bon-Secours pour qu'elle m'aide à réussir. Ce
cierge, je te prie de le porter toi-même, ma tendre

mère, avec Emeline, à celle qui fut si bonne mère
aussi, et qui certes ne peut manquer d'être sensible aux vœux d'une mère pour son fils.

» J'ai trouvé un honnête traiteur qui, sur ma
bonne mine et sur ma parole d'étudiant, a con-
senti à me faire crédit de mon logement et de ma
nourriture pendant un mois. Que serais-je devenu
sans ce digne homme? Et vous, seuls objets de
ma tendresse et de mes pensées, que devenez-vous
là-bas, comment y vivez-vous?... Le premier argent que je vais recevoir sera moitié pour mon
obligeant hôte, moitié pour vous. Mais le peu qui
vous restait a-t-il pu vous suffire jusqu'à ce jour?
Je n'ose approfondir cette question; je tremble de
deviner la cruelle vérité, peut-être... Et cependant, je vous impose encore la taxe de cette lettre
et l'accomplissement de mon vœu; mais je n'aurais su vivre un jour de plus sans vous écrire, et
quant au cierge, fût-il d'un sou seulement, il suffira pour intéresser en ma faveur la sainte Mère
de Celui qui a prisé le denier de la veuve à l'égal
des plus riches offrandes.

» Adieu, bonne et tendre mère; adieu, bonne petite sœur. Aimez-moi toujours comme je vous aime, et pressez-vous d'aller me recommander à Notre-Dame de Bon-Secours. Adieu, je vous embrasse mille fois.

» Théodore DE LÉRIDAN. »

« Que faites-vous ma mère? dit Emeline, qui venait à peine d'achever la lecture de cette lettre; est-ce que vous vous levez déjà?

» — Oui, ma fille, oui, donne-moi ma toilette; Théodore le demande, je veux aller à Notre-Dame de Bon-Secours.

» — Mais Théodore ne savait pas que vous étiez malade et alitée.

» Restez, ma mère, j'irai moi, j'irai seule, et mes prières seront si sincères et si ardentes, qu'elles serviront pour nous deux. D'ailleurs vous vous joindrez de cœur à votre chère Emeline, et vous le verrez, la Vierge des vierges exaucera notre prière.

» — Je me sens forte, très-forte, ce matin ; j'irai avec toi ; ce petit pélerinage me fera du bien ; la chapelle n'est pas éloignée, je m'appuierai sur ton bras, et nous nous reposerons souvent sur le gazon.

» — Au moins, ma mère, attendez que je sois allée à la ville chercher de quoi vous restaurer un peu, je vous promets d'être revenue avant un quart-d'heure. »

La jeune fille était déjà partie. Elle rentra bientôt, et retira d'abord de son panier un pain blanc, une boîte de confitures et une bouteille de vin vieux, dont avait bien besoin sa mère, plus alitée encore de chagrin et de faiblesse que de maladie ; ensuite elle atteignit une bonne tranche de bœuf, un pied de veau, et une petite botte de légumes destinés à faire le pot au feu. Nous n'oublierons point une livre de grosses cerises rouges qui eurent les premiers honneurs de l'attaque. Tout en s'habillant, la mère et la fille restaurèrent leur estomac fatigué d'un si long jeûne, mirent le pot au feu, attendirent le moment de l'écumer, rapprochèrent les tisons à l'entour, et ayant bien disposé toutes choses, se mirent en route vers la chapelle de la Vierge, où nous les laisserons prier.

I I.

Le lecteur n'a peut-être pas deviné d'où venaient la voix et la pièce de cinq francs qui avaient si à propos interrompu la triste conversation des habitants de la maisonnette.

Comme on se le rappelle, le facteur avait entendu les paroles plaintives de la mère, et au lieu de s'en aller, comme il en avait fait mine, après avoir jeté la lettre, il s'était arrêté à quelques pas; il était vite revenu écouter sous la fenêtre, non par une blâmable curiosité, mais avec la généreuse intention de se rendre utile à de si braves gens, dont personne ne soupçonnait la détresse.

Le digne homme ne put retenir son cœur et ses

larmes, lorsque la malheureuse mère vint à parler
à sa fille de l'extrême misère à laquelle elles étaient
réduites, et déjà il avait enveloppé une pièce de
cinq francs dans un morceau de papier pour l'envoyer à ces infortunées, au moment où elles se
demandaient qui leur apporterait le pain de la
journée.

« La Providence ! » avait-il répondu en leur en-
voyant la première preuve de cette parole consolante, et en se préparant à fuir ; mais il eut encore
le temps d'apprendre, de la bouche même de la
pauvre mère, de quelle haute position elle était
descendue.

« Une comtesse, se dit-il ; je n'en serais pas
trop surpris ; car cette femme-là m'a toujours fait
un effet.... superbe. Elle est si bonne, elle a un
air si noble et si aimable, elle marche avec tant
de dignité, vous salue de si bonne grâce, et vous
parle si délicatement ! Et la demoiselle ? ne dirait-
on pas un ange ? Quand elle vient en ville faire ses
petites provisions, tout le monde se met à la porte

pour la voir passer. A l'église, on croirait que son
âme, transportée dans le ciel, laisse son corps
seul et immobile sur la terre. Ah! je suis content
de savoir ce que je sais, et je vais après ma
tournée en prévenir M. le curé de Senlis; c'est un
si digne homme; et nous verrons ensemble à mettre ordre à tout cela. »

Trois heures après ce monologue, le brave facteur était en grande conférence avec M. le curé
de Senlis.

« Comment, elle est si misérable, disait le
pasteur, cette pieuse dame que je vois tous les
dimanches à la messe et à vêpres, avec sa fille
plus pieuse encore?

» — Oui, mon charitable monsieur, répondait
le facteur, qui ne se vanta point de lui avoir fait
une aumône de cinq francs, et le ciel s'est servi
de ma voix comme de celle d'un ange, pour leur
crier d'espérer en lui.

» La mère pleurait et se désolait, la fille la

consolait; la mère plaignait sa chère petite fille, qui n'a mangé que du pain trempé d'eau depuis dix jours, et la chère petite fille ne se plaignait point, mais elle plaignait sa mère. Enfin la mère a dit dans un moment : « Nous n'avons plus un pauvre petit morceau de pain trempé d'eau ; qui nous en apportera ?

» — La Providence ! ai-je répondu en faisant venir ma voix comme du ciel, et je me suis sauvé.

» — Mais, reprit le pasteur, il est plus que temps de voler à leur secours. Sans argent et sans pain depuis hier, elles doivent déjà souffrir les horreurs de la faim.

» — J'y ai pourvu, répliqua le facteur, sans trahir le secret de sa charité ; mais cela n'empêche pas que la chose presse. Allons donc vite, et si vous vouliez passer par Bon-Secours, nous aurions quelque chance d'y rencontrer la jeune fille ; car j'ai entendu sa mère lui recommander d'aller se jeter aux pieds de Notre-Dame pour avoir de quoi payer mon port de lettre et acheter du pain.

» — Quiconque met sa confiance en Marie ne
sera point confondu, dit le pasteur, et je suis
heureux de pouvoir, de concert avec vous, homme
estimable, en fournir une mémorable preuve. »

Au moment où M. le curé de Senlis sortait avec
le facteur de la campagne, celui de la ville lui
présentait une lettre de Paris, qu'il ouvrit et lut
chemin faisant; cette lettre était de M. l'abbé ***,
et le lecteur sait déjà ce qu'elle pouvait contenir.
Le respectable ecclésiastique y recommandait aux
soins bienveillants de son confrère, Mme et Melle
Léridan; car il ne les connaissait que sous ce
nom, adopté aussi par Théodore comme celui de
sa famille. Il faisait les plus grands éloges de ce
jeune homme; aujourd'hui, disait-il, l'honneur
des écoles par ses talents et sa conduite, et bientôt
celui de la religion et de la société, par ses lumières et ses vertus chrétiennes. C'était un des
membres les plus zélés de l'archiconfrérie de la
sainte Vierge; il ajoutait que, d'après le portrait
que lui avait tracé le jeune étudiant, sa mère devait être une femme d'un rare mérite, éprouvée,

quoique jeune encore, par de grands revers, et
sa sœur un vrai modèle de piété filiale.

M. le curé et le facteur arrivèrent, en s'entretenant ainsi, à la chapelle de Notre-Dame de Bon-
Secours, et après avoir salué la mère de Dieu, ils
s'informèrent auprès d'un vieillard, qui récitait
son chapelet en demandant l'aumône, s'il n'avait
pas vu une jeune demoiselle de quinze à seize ans,
priant la sainte Vierge.

« Je suis ici depuis le lever du soleil, dit le
vieux mendiant, et j'ai vu bien du monde s'approcher de Notre-Dame, surtout nombre de mères
avec leurs petits enfants, mais de demoiselle de
quinze à seize ans, il n'en est entré ici qu'une
douce, douce comme la Vierge elle-même, qui a
remis deux sous dans mon chapeau, en me disant,
les larmes aux yeux et d'un ton qui m'a percé
l'âme : « Bon vieillard, priez pour mon frère, et
n'oubliez ni ma mère, ni moi. »

» — Elle était seule, n'est-ce pas, dit le facteur, cette bonne demoiselle ?

» — Pas tout-à-fait, répondit le mendiant ; une grande dame pâle et souffrante la tenait sous le bras ; elles se sont agenouillées ensemble, puis la demoiselle l'a relevée, et l'ayant aidée à s'asseoir, elle s'est remise en prière, après avoir allumé un cierge devant Notre-Dame ; mais elle priait ! ah ! je serais bien trompé, si Notre-Dame ne la prenait en pitié !

» — Elles sont parties depuis longtemps, demanda le pasteur ?

» — Une heure et quelque chose, et elles ont pris le chemin du bois. Si vous allez les rejoindre, comme il paraît, soyez assez bon pour leur remettre ce petit papier, que la dame a laissé tomber de son livre de prières et qui peut lui être utile.

» — Le vieux mendiant ne se trompe point, dit M. le curé à son compagnon de voyage, après avoir jeté les yeux sur le papier, Notre-Dame de Bon-Secours les a prises en pitié, et désormais je réponds du sort de cette famille ; elle sera riche,

mon cher ami, très-riche; ce qui arrive en ce
jour est presque un miracle qui m'en fait espérer
un autre. Comtesse de Léridan, vous avez été heureuse de venir à Notre-Dame de Bon-Secours. »

Le facteur étonné regardait de ses deux yeux,
écoutait de ses deux oreilles, sans pouvoir deviner
le mot de cette énigme.

« C'est, lui dit le pasteur, un mystère dont le
secret vous sera bientôt révélé, et à l'éclaircis-
sement duquel vous avez contribué pour votre part;
hâtons-nous d'aller donner à ces infortunées l'avant-
goût d'une si précieuse nouvelle. »

Bientôt les visiteurs furent à la porte de la
maison blanche. Emeline vint leur ouvrir et leur
demanda la permission d'aller les annoncer à sa
mère.

« Après la lettre de Théodore, dit celle-ci, je
m'attendais bien à la visite de M. le curé; mais
que peut venir faire ici le facteur, si ce n'est
réclamer ses trente centimes? Porte-les-lui, ma
fille, et invite M. le curé à monter.

» — Ce n'est pas pour cette bagatelle que je venais, dit le facteur en recevant, pour ménager la délicatesse de ses protégées, les trente centimes qu'Emeline lui remettait dans la main. J'avais demandé à M. le curé la permission de l'accompagner chez madame votre mère, qui paraît tant aimer les pauvres gens, et avec laquelle je serais si charmé de causer quelques minutes.

» — Montez, montez, mon ami, » cria d'en haut la mère d'Emeline tout émue. Elle avait cru reconnaître le même son de voix qui avait fait retentir le matin à ses oreilles le mot consolant de *Providence*, et dès-lors elle ne douta point que l'estimable facteur ne fût devenu la sienne.

« Madame la comtesse, dit M. le curé, en s'avançant respectueusement vers le vieux fauteuil où la fatigue du pélerinage avait obligé la mère d'Emeline de se remettre en arrivant, madame la comtesse, permettez-moi de vous offrir mes hommages, et de vous exprimer tout le regret de n'avoir pas eu plus tôt l'honneur de vous connaître.

» — Qui a pu vous persuader que j'étais une comtesse? répondit la mère d'Emeline en rougissant; vous voyez au contraire que je suis une pauvre femme, vivant de peu avec sa fille.

» — Madame la comtesse, reprit le pasteur, je connais votre qualité, et ce brave homme l'a apprise de votre propre bouche ce matin.

» — Est-il possible, répliqua Mme de Léridan? Du moins il aurait dû, ce me semble, demeurer un peu plus discret.

» — Mes paroissiens n'ont point de secret pour moi, madame, et je suis trop heureux de savoir celui-là.

» — Sans doute il vous aura pareillement confié qu'il nous a fait l'aumône d'une pièce de cinq francs.

» — Moi, madame, répliqua vivement le facteur?

» — Oui, et cette aumône nous a peut-être

sauvé la vie ; approchez, excellent homme, et recevez-en mes plus sincères remerciements.

» — Il ne m'a rien appris de cette circonstance, continua M. le curé, et je l'en estime davantage.

» — Eh bien, je vous l'apprends, moi, et cela doit vous faire trop voir quelle pauvre comtesse je suis.

» — Pas aussi pauvre que vous pensez, Mme de Léridan ; n'êtes-vous pas allée ce matin à Notre-Dame de Bon-Secours ?

» — Oui, c'était pour accomplir un vœu de mon fils.

» — Il sera largement exaucé, madame ; ce papier ne vous appartient-il point ? ne l'avez-vous pas laissé tomber de votre livre de prières, dans la chapelle même de la Vierge, qui me l'a fait remettre par un vieillard mendiant à la porte ?

» — En effet, c'est le *Souvenez-vous* de saint

Bernard, copié partie de la main même de mon
mari, partie d'une autre main.

» — Et revêtu de deux cachets, dont un était
le sien, et l'autre....

» — L'autre.... celui d'un homme qui nous a
fait bien du mal.

» — Et qui m'a chargé de réparer ce mal après
sa mort, si j'étais assez heureux pour retrouver ses
victimes.

» — Expliquez-vous, de grâce, monsieur.

» — J'ai en dépôt la même prière que celle-ci,
copiée de la même main, sur semblable papier,
et revêtue des deux mêmes cachets.

» — C'est un échange d'amitié que mon mari
avait fait dans sa jeunesse avec l'homme qui plus
tard nous a perdus.

» — Le baron de Velpas, n'est-il pas vrai ?

» — Vous le connaissez, monsieur ?....

» — Je l'ai connu au lit de la mort. Il traversait notre ville, il y a deux ans, lorsqu'il fut
attaqué d'une fièvre aiguë, qui ne lui permit pas
d'aller plus loin. Les médecins lui déclarèrent qu'il
n'y avait aucun espoir de guérison, et qu'avant
deux jours il ne serait plus au nombre des vivants.
Alors il me fit appeler, se confessa, et me confia
le double de cette prière avec cinq billets de mille
francs, qu'il avait dans son porte-feuille, en me
prescrivant de les remettre à la veuve ou aux enfants du comte de Léridan, si je parvenais à les
découvrir; chose difficile, me dit-il, vu que,
sous un faux nom, qui lui était inconnu, ils
s'étaient retirés dans quelque coin de l'immense
capitale, pour cacher leur décadence et leur misère à tous les yeux.

» — Puissance admirable, bienfaisante influence
de la religion ! » soupira Mme de Léridan en élevant
ses mains jointes vers le ciel.

« Ce n'est pas tout, madame, reprit le pasteur; le baron de Velpas n'aurait pas satisfait à la

justice, à l'honneur, ni assuré son salut, s'il se fût borné à une aussi faible réparation de ses torts. Par son ordre, je mandai le notaire, chez qui nous trouverons déposé un testament, par lequel le baron vous restitue toute votre fortune et lègue à vos enfants la moitié de la sienne. Voilà ce que fait pour vous Notre-Dame de Bon-Secours.

» — Je serai reconnaissante, s'écria l'heureuse comtesse; mais c'est trop, monsieur, c'est trop; mes enfants n'accepteront que ce qui leur appartient; le baron de Velpas à des héritiers qu'il ne nous conviendrait point de dépouiller.

» — Noble dame, dit le pasteur en essuyant une larme qui s'échappait de ses yeux; je sais que les héritiers du baron plaident pour l'annulation de son testament; mais un avocat habile et généreux s'est chargé de soutenir les droits de la veuve et des orphelins, et l'abandon que vous proposez de faire terminera probablement ce procès. Mais j'ai hâte d'accomplir les dernières volontés de mon pénitent. Permettez-moi de me re-

tirer avec le facteur, il vous rapportera ce soir
même les cinq billets de banque.

» — Gardez, je vous prie, un billet de banque
pour les pauvres.

» — C'est une somme de mille francs.

» — Vous la partagerez entre dix honnêtes familles, en leur recommandant de remercier Notre-
Dame de Bon-Secours. »

M. le curé partit avec le facteur qui, deux heures après, rapporta joyeusement les quatre billets
de mille francs à la maison blanche. La comtesse
le contraignit, malgré sa résistance, à en accepter
un, en lui rappelant qu'une bonne action doit toujours avoir sa récompense.

La nuit se passa calme et douce cette fois ; car
le bonheur ne troublait point ces imaginations fa-
çonnées à tant d'épreuves. Emeline s'éveilla la
première, et ses lèvres vermeilles déposèrent un
tendre baiser sur le front de la comtesse. Pendant
qu'elle s'habillait, la voix amie du facteur se fit

entendre : « Encore une lettre de Paris, mais affranchie, à présent que nous avons Notre-Dame de Bon-Secours pour en payer le port. »

La jeune fille s'empressa de descendre. C'était une nouvelle missive de Théodore.

« Il est donc riche aussi, dit la mère, que la voix du facteur avait éveillée à son tour. P. P. port payé.

» Mais il a donc quelque chose de bien pressé à nous apprendre; voyons, Emeline, ouvre vite cette lettre, et sachons ce qu'elle contient. »

Paris, **6** juillet 1839.

« O BONNE MÈRE,

» Aurais-tu déjà porté mon vœu à Notre-Dame de Bon-Secours? Quel changement inattendu paraît s'annoncer dans notre sort.

» A peine installé dans le cabinet de l'avocat, j'ai été chargé d'un dossier immense, avec ordre de l'analyser soigneusement.

24

» Mon patron lui-même a voulu m'expliquer ce que j'avais à faire, et il s'est assis auprès de moi pour me tracer la marche que j'avais à suivre : « C'est pour moi, m'a-t-il dit, une affaire de conscience et de dévouement ; je ne connais pas la personne de mes clients, et je ne sais quelle terre les porte ; en vain nous avons fait toutes les démarches imaginables pour les découvrir, une barrière infranchissable semble nous séparer.

» Je n'en serai pas moins fidèle à la cause sacrée du malheur ; la Providence a peut-être ses desseins secrets, et je ne saurais douter qu'un jour elle ne se plaise à nous faire connaître la retraite de la veuve et des orphelins, dont j'aurai sauvé la fortune. »

» Le généreux avocat parlait encore, lorsque, au moment où il plaçait le dossier sur le bureau, je jetai un cri qui le fit tressaillir. Je venais de lire : *La veuve et les enfants du comte de Léridan contre les héritiers du baron de Velpas.* Qu'avez-vous, M. Léridan, me dit-il, en me saisissant la main ?

» — Homme de bien, m'écriai-je en me jetant
dans ses bras, je vous vénère, je vous admire, et
j'adore les desseins impénétrables de la divine Providence. Je suis le fils du comte de Léridan !.....

» — O Dieu ! soyez béni, dit notre bienfaiteur ; car c'est le seul nom que je lui donne à
présent. Mais où sont votre mère et votre sœur ?

» — Tout près de Senlis, répondis-je, réfu-
giées dans une maisonnette au milieu des bois.

» — Près de Senlis, reprit-il, le rapproche-
ment est remarquable. Mandez-leur de se rendre
immédiatement à Paris ; j'ai besoin de parler à
votre mère. Moi-même, je vais écrire au notaire
de Senlis, qui m'a confié le testament et les papiers du baron de Velpas, et le prier de remettre
à madame la comtesse de Léridan tout l'argent
dont elle peut avoir besoin pour séjourner ici
quelques semaines.

» Je n'entre point, tendre mère, dans le détail de ce qui s'est passé depuis entre l'avocat et

moi. Partez vite avec ma sœur, dès que vous aurez
reçu les fonds nécessaires ; j'irai vous attendre à
la voiture, pour vous embrasser plus tôt toutes
les deux.

» Votre heureux fils,

» Théodore de Léridan. »

Les habitantes de la maison blanche firent aussitôt leur toilette, se dirigèrent vers la ville, où
elles allèrent saluer le curé et le notaire, qui
avaient pris rendez-vous ensemble pour les visiter.
Ce dernier leur offrit un déjeûner confortable,
auquel il invita M. le curé à prendre part ; et, dans
la crainte que la faiblesse de la comtesse ne lui
permit pas de supporter le voyage en diligence,
il commanda une chaise de poste, dans laquelle
il voulut l'accompagner.

On arriva en moins de quatre heures à Paris,
et l'on descendit à la porte de l'avocat, chez lequel on trouva Théodore qui, n'attendant sa mère
et sa sœur qu'à huit heures du soir, fut agréa-

blement surpris de leur prompte apparition. On
fit la causette jusqu'au retour de l'avocat, qui ne
tarda pas à revenir du palais, et qui retint tout
le monde à dîner; ensuite on fixa une heure pour
le lendemain matin, afin de s'entretenir à tête
reposée de la grande affaire, et l'on se sépara avec
mille protestations de dévouement d'un côté, et
de reconnaissance de l'autre.

Lorsque, le lendemain, madame la comtesse
de Léridan communiqua à l'avocat l'intention où
elle était de renoncer au legs que M. de Velpas
avait fait à ses enfants sur sa fortune personnelle,
celui-ci ne douta point que les héritiers du baron
ne se désistassent aussi de la demande qu'ils avaient
introduite en nullité de testament, et il s'empressa
d'aller en conférer avec leur avoué, qui possédait
toute leur confiance.

L'homme de loi n'eut pas de peine à les amener
à un accommodement, qui leur était évidemment
favorable, et chaque famille fut mise aussitôt en
possession de ses biens.

Théodore de Léridan demanda comme une grâce à sa mère, de suivre l'honorable profession du barreau, à laquelle il s'était destiné dans le temps de leur infortune.

Cette dame avait sous les yeux un trop touchant exemple de la noblesse de cet état, et du bien qu'un honnête homme peut y faire, pour ne pas accueillir favorablement la demande de son fils, auquel elle promit en outre d'habiter désormais la capitale; mais, avant d'y fixer sa demeure, elle voulut passer quelques jours avec ses enfants dans la petite maison blanche, qui lui rappelait tant de peines et de consolations, tant de souffrances et de bonheur; elle voulut revoir sa bonne providence, le facteur; remercier M. le curé de Senlis, et faire une neuvaine d'action de grâces à la chapelle de Notre-Dame de Bon-Secours.

FIN.

Lille, Imp. de L. Lefort 1847.

À la même Librairie

BIBLIOTHÈQUE
DE L'ENFANCE

Œuvres du chanoine Schmid.

42 VOLUMES IN-18 FIG.

À 50 C. LE VOLUME

OU

90 VOLUMES GR. IN-32 FIG.

À 30 C. LE VOLUME

BIBLIOTHÈQUE
HISTORIQUE ET MORALE